MILLIARDAIRES INCOGNITOS

La Chute de Rae

BLAIR BABYLON

Traduction par

ISABELLE WÜRTH

Malachite Publishing LLC

MILLIARDAIRES INCOGNITOS

La Chute de Rae
par
Blair Babylon

Traduction française Isabelle Würth
Titre original : Billionaires in Disguise

Un coup rapide et sauvage avec un inconnu sexy va changer la vie de Rae pour toujours.

Rae Stone se spécialise en psychologie afin de pouvoir ouvrir une clinique pour enfants autistes, mais quand sa bourse lui est refusée parce qu'elle a échoué à un cours de statistiques affreux, elle pense qu'elle n'a pas de chance et qu'elle est condamnée à retourner dans sa ville natale frappée par la pauvreté. Comme il lui reste trois semaines de liberté universitaire, elle se rend à une soirée haut de gamme et se fait sauter par un inconnu. Il s'avère être le propriétaire sexy de la Maison du Diable, un club de BDSM, mais le secret Wulf s'avérera-t-il être son prince charmant ou le diable qui la tentée pour l'amener à sa perte ?

L'anthologie palpitante complète de Milliardaires incognitos : Rae, contient neuf tomes publiés à l'origine et qui paraîtront prochainement.

Tenez-vous au courant des nouvelles versions, des remises spéciales, des cadeaux, des passages supprimées et des épilogues en vous abonnant à la liste de diffusion de Blair Babylon !

Aller à:
http://smarturl.it/Babylon-Email
Sur votre navigateur préféré.

DU MÊME AUTEUR

Blair Babylon's Livres en Français

(Traduction française à Isabelle Würth)

La Chute de Rae

Rae Attachée

L'ascension de Rae

Runaway Billionaires Series

Working Stiff (Audiobook available)

Stiff Drink (Audiobook available)

Hard Liquor (Audiobook available)

Billionaires in Disguise Series

Billionaires in Disguise (Wulf and Rae)

Billionaire Ever After

"An Extravagant Proposal (Charley)"

Billionaires in Disguise: Theo Series

Falling Hard

Playing Rough

Breaking Rules

Burning Bright

Rock Stars in Disguise Series

What A Girl Wants (Rhiannon)

Somebody to Love (Tryp)

The Rock Star's Secret Baby (Cadell)

Santa, Baby (Peyton)

All I Want for Christmas (Epilogue)

Billionaires in Disguise: Xan Series

"Alwaysland" (Prequel)

Every Breath You Take

Wild Thing

Lay Your Hands On Me

Nothing Else Matters

"Dream On" and "Keep Dreaming" (Epilogues)

"Small Miracles" (Epilogue)

Runaway Princess Series

Once Upon A Time

In Shining Armor

In A Faraway Land

At Midnight

Happily Ever After

Billionaires in Disguise: Maxence Series

One Night in Monaco

Rogue

Order

Prince

Paranormal Romance

Dragons & Magic

Dragons & Mayhem

Dragons & Fire

Blair Babylon's Bücher von Deutsche

(Deutsche übersetzt von Carola Beck)

Heimliche Milliardäre

Rae im freien Fall

Rae in Ketten

Rae im Höhenflug

Milliardenschweres Glück

TABLE DES MATIÈRES

Partie Un

LA CHUTE DE RAE

1. On reste ensemble à la soirée de la confrérie 3
2. Le salaire du péché est d'environ deux cents dollars de l'heure 9
3. Enfiler la robe de Cendrillon 19
4. Limousines et couchers de soleil 23
5. Un autre genre de soirée cocktails 39

Partie Deux

A LA MAISON DU DIABLE

6. Entretien avec Le Dom 71
7. La première scène de Rae 93
8. Wulf regarde 107
9. Comment tenir un fouet 113
10. Salle de jeux numéro 2 123

Partie Trois

DES SECRETS SUR SA PEAU

11. Le placard à costumes 153
12. Une faveur personnelle 169
13. Des secrets sur sa peau 183
14. Wulf regarde encore 203
15. Une discussion avec Le Dom 213

Notes 225

LA CHUTE DE RAE

ON RESTE ENSEMBLE À LA SOIRÉE DE LA CONFRÉRIE

— J'ai été élevée dans la religion baptiste, hurla Rae, à Ames, le gars de la confrérie universitaire aux cheveux jaunes, par-dessus les basses sourdes de la musique de boîte. Il ressemblait à un gars d'Ames, dans l'Iowa : nourri au grain et à la purée de maïs. Ses dents jaunes, étaient même alignées comme un épi de maïs.

Elle continua en hurlant :

« Alors, ça veut dire pas d'alcool, Ames remplit à nouveau son gobelet en plastique rouge avec de la vodka et du jus d'orange froid, et pas de danse, elle fit signe avec la tasse aux étudiants de deuxième année qui tournaient entre les tables de billard et un peu de son *Screwdriver* glacé coula sur ses doigts, et surtout pas de relations sexuelles avant le mariage. »

Rae leva sa tasse en direction de Lizzy et Georgie, ses compagnes de dortoir, qui lui rendirent son toast à travers la fumée de cigarettes puantes et de joints. Les trois filles avaient prévu de rester ensemble à la soirée car la boîte du Delta Chi avait mauvaise réputation.

Les deux filles blanches se tenaient à côté d'un gars noir, et elles riaient fort. Le gars du Delta Chi ne riait pas, lui. Ses yeux prirent la taille de soucoupes, comme si elles venaient de lui dire un truc choquant.

À côté d'eux, un gars de la confrérie et une étudiante flirtaient ouvertement et la main du gars était passée sous le tee-shirt de la fille. Un Diable Doré, la mascotte de l'université, était imprimé dessus. Les mouvements de sa main donnaient l'impression que le Diable Doré était en train de sauter par à-coups.

— Tu es toujours baptiste ? demanda Ames à Rae.

— Sûrement pas. J'en ai tellement fini avec toute cette merde de « Tu ne devras point et tout ça ». Je vais grave faire toutes les conneries possibles. »Elle avait déjà commencé d'ailleurs. Elle avait bu, fumé un joint deux fois, elle avait dansé nue sur scène dans la comédie musicale Hair, l'année dernière, même si sa famille n'était pas du tout au courant de tout ça, et elle étudiait la psychologie, même si sa tante Tracy-Jo pensait qu'elle irait en enfer parce que la psychologie n'était qu'un autre moyen inavouable de justifier le péché.

Mais Rae s'en moquait bien maintenant. Elle but une autre gorgée de son *Screwdriver*. Le jus d'orange, fruité et amer dans sa bouche, commençait à avoir un sale goût pourri.

— C'est trop cool ! dit Ames.

Rae pensa qu'il était peut-être encore plus saoul qu'elle.

À cet instant, même parler de religion, de psychologie et de sexe semblait être une bonne idée. Elle devait donc être en état d'ébriété avancé. Ses précédents *Screwdriver* avaient été forts, et celui-ci aussi.

Très bien. Peut-être qu'elle pourrait oublier pourquoi elle était allée à une soirée de confrérie universitaire un jeudi soir, au lieu de travailler, parce que travailler n'avait plus d'importance.

Ses yeux piquaient et pleuraient. Mince. Il ne fallait pas qu'elle pense à tout ça. Elle était là pour faire la fête toute la nuit. Elle n'allait pas pleurer non plus, sûrement pas.

Rae se balança sur la musique, ressentant les basses jusqu'aux os.

— C'est un super morceau.

— Ouais, trop. Tu te sens bien ?

Ames scruta son visage de plus près. Ses yeux et son nez se déformaient devant les yeux de Rae.

L'image des gens qui dansaient ondulait et les couples qui s'embrassaient partout autour de la pièce dérivaient comme des algues avec la marée.

— Bien sûr, que je me sens bien, dit-elle. Ch'uis juste bourrée. Je vais me péter la gueule ce soir.

Les notes des partiels devaient paraître la semaine prochaine et elle avait un mauvais pressentiment au sujet de son cours de statistiques.

Non, ce n'était pas bon du tout. La crainte n'était pas un sentiment aléatoire. C'était la connaissance négative d'un fait négatif. Des mauvaises notes en statistiques signifiaient qu'elle allait être renvoyée de l'université et qu'elle retournerait à Pirtleville. Et c'en était fini de sa chance d'obtenir un diplôme, de sa chance d'améliorer sa vie et de réaliser son rêve secret, celui dont elle ne parlait que lorsqu'elle était saoule.

Les murs tachés de bière dansaient de haut en bas devant ses yeux, encore et encore et encore.

Elle regardait les murs se tordre dans tous les sens.

— C'est cool, dit Ames.

— Ouais, grave. C'est suuper cool. Ce *Screwdriver* est vachement fort.

— Tu veux aller t'allonger, ou quoi ? Il y a une chambre par là. Il montra le couloir sombre du doigt.

— Nan, c'est bon.

Rae se sentait bien. Elle n'en avait plus rien à faire de rien. Où étaient Lizzy et Georgie ? Son bras se souleva tout seul, comme s'il volait.

— T'as l'air d'avoir besoin de t'allonger, dit Ames.

Les murs défilaient en marche arrière sur les côtés et Rae se demanda où étaient passées Lizzy et Georgie.

— ça va, dit-elle encore.

Rae savait qu'elle devait répondre à la question de ce gars mais elle ne se souvenait pas de ce qu'il avait demandé.

Elle ne se souvenait même plus de son nom.

Elle était couchée, Rae était couchée sur quelque chose de mou et la lumière vive au-dessus de sa tête était violente. La lumière vive était très violente et quelqu'un tirait sur quelque chose autour sa taille, comme si on abaissait son pantalon.

Brillante.

Une lumière brillante et blanche.

Elle était au-dessus de sa tête et elle était brillante et blanche.

— ça va Rae ? entendit-elle dire Nourri aux grains. Tu vas pas vomir, hein ?

— ça va,

Ça va, ça va.

Une lumière vive au plafond.

La lumière vive disparut.

Et elle senti un truc doux sur son visage. Une

odeur désagréable comme des draps qui sentent la sueur. Elle était allongée sur le ventre.

Ses bras et ses jambes étaient mous et lourds.

— J'espère que t'aimes être enculée, dit Nourri aux grains.

Un truc visqueux sur ses fesses.

Puis un truc dur.

Qui lui fouillait les fesses.

Le tissu doux, toujours contre le visage.

Ses mains trop lourdes à bouger.

Encore le truc dur.

Vlan !

Le bruit de quelque chose qu'on abat.

— Hééé !!

Un grand cri.

Derrière elle.

On aurait dit que c'était Nourri aux grains.

La voix d'une fille :

— Putain, le Taser a laissé une marque sur son cul.

La pièce se mit à tourner.

Encore et encore.

Et de nouveau cette lumière dans ses yeux.

La lumière vive au plafond.

Georgie et Lizzy.

Elles étaient là.

— Salut, dit Rae. Ça va ?

— Rae ! s'exclama Georgie. Qu'est-ce qui t'arrive ?

Les cheveux bruns de Georgie pendaient devant Rae comme s'ils flottaient dans l'eau et qu'elle était une sirène.

C'était cool, les sirènes.

— On dirait qu'elle a été « Rohypnolisée »[1] dit Lizzy.

Georgie détourna le regard et ses longs cheveux bruns volèrent au ralenti dans l'air.

— Connard de violeur, dit Georgie. On devrait livrer son cul au Dom. Le Dom déteste les violeurs.

— Héé ! Le connard essaye de se relever ! dit Lizzy

— Fous-lui un coup de Taser. Je remets le pantalon de Rae et on la sort d'ici.

Cric. Cric. Des crépitements de décharges électriques.

Et Nourri aux grains hurla encore une fois.

LE SALAIRE DU PÉCHÉ EST D'ENVIRON DEUX CENTS DOLLARS DE L'HEURE

Le lendemain matin Rae était aux prises avec la reine des gueules de bois et se demandait bien comment du lubrifiant avait pu atterrir sur ses sous-vêtements. La porte du dortoir s'ouvrit en grand et fit vibrer sa tête douloureuse et son lit jumeau. La vision de ses posters de groupes de Rock, de shows de Broadway et de plages lointaines se mélangea à celle des posters de sa coloc : des groupes pop chrétiens avec des images de croix et de couronnes d'épines, de colombes et de rayons lumineux scintillants.

Même dessinés, les rayons lumineux lui faisaient mal à la tête.

Georgie et Lizzy s'assirent sur le lit de Rae en se moquant d'elle et lui firent boire un jus vert de sportive qui avait un goût d'eau de mer et d'anguille morte. Rae avait envie de vomir mais dégueuler du jus vert était pire que de l'avaler, alors elle s'abstint. Tout juste.

La lumière lui faisait mal aux yeux. Le truc vert lui piquait la langue et lui irritait la gorge. Elle fixa Georgie et Lizzy sous ses paupières mi-closes.

Malheureusement ces deux-là étaient en pleine forme.

— Ton cul serait aussi douloureux que ta tête si on n'avait pas compris où il t'emmenait, dit Georgie.

Seigneur Jésus, Rae mourrait encore de honte d'avoir été « Rohypnolisée » comme disait Lizzy et dès que les coups de poignards cesseraient dans sa tête elle recommencerait à traîner ce sentiment honteux. C'était bien sa chance : la seule nuit où elle essayait de sortir pour faire la fête, faire la folle juste un soir, elle se retrouvait droguée et à moitié violée. Encore heureux qu'elle n'avait pas fini morte dans le désert.

— Je parie que ce connard nourri au maïs a une migraine post Taser, ce matin. Lizzy fit un grand sourire et passa les doigts dans sa courte chevelure blonde. Et des couilles rôties !

— J'arrive pas à croire que tu lui aies mis un coup de Taser dans les couilles, Lizzy ! dit Georgie en souriant encore plus.

— Il l'avait *trop* cherché. Je pense pas qu'il pourra avoir d'enfants. Mais t'avais raison, on aurait dû appeler Le Dom, hier soir.

Leurs voix lui vrillaient les tympans comme des piques à glace et endolorissaient les nerfs de ses joues, alors elle sirota l'eau de mer verte qui flottait dans sa toute petite tasse et pria pour que la douleur s'arrête.

— Ouais, on aurait dû l'appeler. C'est trop tard, maintenant.

— C'est jamais trop tard. Rappelle-toi quand ce mec a donné rendez-vous à Sarah et l'a violée, l'an dernier. Le Dom l'a piégé avec cette invitation spéciale pour venir au club et ensuite il l'a travaillé pendant des heures ! On m'a dit que le gars avait toujours une espèce de tic nerveux d'un côté de la figure.

Trop de lumière, trop de bruit, et trop de douleur.

— Les filles ? demanda Rae. Et sa propre voix lui fit mal à la gorge et aux oreilles. Est-ce que je peux avoir un peu d'intimité maintenant ?

— Pourquoi ? Tu vas encore dégueuler ? demanda Georgie.

— J'aimerais bien dormir et oublier tout ça.

Rae avait l'intention de dormir pendant une semaine s'il le fallait. Elle n'avait rien de mieux à faire. Georgie regarda son téléphone.

— T'as pas cours dans une heure ?

— J'y vais pas.

Les cours étaient du temps pris en trop sur son temps de beuverie.

— Tu manques jamais les cours.

Rae ferma les yeux.

— Je m'en fous.

— Rae, qu'est-ce qui te prend ? demanda Georgie.

— J'ai la gueule de bois. Et pas une petite.

La plus récente parmi une série de séances d'auto punition.

— Qu'est-ce qui te prend, *vraiment* ? insista Georgie.

— Ouais, Rae, fit écho Lizzie. On est tes copines. Tu peux nous dire.

Elle n'avait pas envie. C'était gênant et c'était nul et elle n'allait plus rester ici longtemps de toute façon. Elle ouvrit à peine les yeux.

— Rien.

Elles se regardèrent comme des jumelles télépathes en train de se demander comment faire exploser le cerveau de Rae, mais celui-ci explosait déjà. Elle posa son bras sur sa figure en espérant qu'elles partiraient.

Son bras lui chauffait le front et son cerveau se mit à brûler davantage.

Elle voyait toujours les deux filles par-dessous son bras et elles ne bougeaient pas, bon sang.

Georgie lui fit à nouveau face et dit :

— ça suffit les conneries, Rae. Qu'est-ce qui t'arrive ?

Si elle leur disait, peut-être qu'elles partiraient.

— Bon, j'ai raté les stats.

— Abandonne alors, et ré-inscrits-toi le semestre prochain.

Rae leur annonça la très mauvaise nouvelle, à travers le goût métallique de la déception qui emplissait sa bouche.

— La date est passée pour abandonner et c'est une matière principale. Si j'échoue en stats, je perds ma bourse. Mes parents ne peuvent pas payer mes études. Je suis foutue. C'est mort. Je vais faire la fête les deux semaines qu'il me reste avant de rentrer à la maison pour les vacances de printemps, je prendrai un boulot merdique, je me marierai sûrement avec un gars dans la même situation, et puis je pondrai deux ou trois gamins qui n'auront pas plus de chances de faire mieux.

Cela sonnait encore pire à haute voix que lorsque ça tournait en boucle dans sa tête.

La deuxième terreur de Rae lui collait aux basques : travailler dur et rester pauvre malgré tout, comme ses parents, tout comme ses éventuels futurs enfants. Quand Rae était enfant, à chaque fois qu'elle avait dû aller chez le docteur ou acheter quelque chose hors budget, sa mère avait fait la grimace et Rae l'avait vue compter dans sa tête tout ce dont elle allait devoir se passer ainsi que ses frères et son père.

Pourtant la famille de Rae envoyait ses vêtements usagés chez Tante Alana. Il se trouvait que son quatrième enfant était autiste et à cause des soins médicaux, sa famille était passée de démunie à indigente. Tanta Alana avait essayé de s'occuper de lui à la maison, elle avait dû quitter son boulot et de nouvelles factures et moins d'argent pour les payer les avaient anéantis.

— Et tu vas rester couchée là, à attendre que ça t'arrive ? dit Lizzy.

—J'ai eu une seule chance et je l'ai cramée.

Rae l'avait bel et bien cramée. Son nez se mit à piquer sous les fumées âcres de ses rêves brûlés. Ou bien c'était la vodka et la drogue du viol.

Lizzy avait raison, en revanche. Rae restait couchée là et laissait les choses lui arriver. Elle n'avait obtenu la bourse complète que parce que son conseiller pédagogique avait insisté pour qu'elle remplisse le formulaire de demande. Elle était tombée un peu par hasard en psycho et théâtre parce qu'elle avait déjà pris ça en cours au lycée.

Toutefois, en première année, le cinq octobre, pendant un cours de psychologie du développement, alors qu'elle était assise à trois rangs du professeur d'âge moyen qui était en train d'expliquer les détails de ses recherches sur la réponse musculaire tardive à la préhension chez enfants autistes, une pensée lui traversa l'esprit comme un train qui serait passé en trombe au travers des murs de l'amphi.

Si Rae se spécialisait en psycho, si elle obtenait un diplôme de thérapeute elle pourrait aider des enfants comme Daniel. Cela pourrait faire une énorme différence dans leur vie et leur indépendance. Tout ce qu'elle avait à faire c'était de terminer ses études et d'ouvrir une clinique. Il faudrait qu'elle sache comment monter toute cette affaire, mais elle avait d'abord besoin du diplôme.

Si elle travaillait dur, si elle apprenait tout, elle pourrait tout changer pour eux.

Elle avait commencé à prendre des notes sur la préhension, à cette fin, pas seulement pour l'examen. L'amélioration de la préhension des enfants autistes pouvait aider les connexions neuronales à se former dans leur cerveau.

Depuis lors, chaque note était destinée aux enfants qui attendaient quelque part que Rae sache comment les guider pour sortir des ténèbres de l'autisme. Ses notes grimpèrent en flèche et elle n'eut plus que des A.

Elle avait même fait des croquis des bâtiments et des panneaux pour la clinique secrète de ses rêves : « Un rayon de Lumière. »

Sa plus grande peur était de perdre cette chance de se distinguer. Parfois, quand elle était endormie, elle faisait des cauchemars sur Daniel et d'autres enfants qui lui glissaient des mains et tombaient dans un trou parce qu'elle ne pouvait pas tous les attraper.

Rae était une molasse passive, et maintenant elle allait mollement rentrer chez elle après avoir échoué. Elle accepterait probablement le premier boulot de vendeuse que quiconque lui offrirait après avoir postulé à tous les endroits habituels.

— Tu peux pas prendre, genre des cours particuliers, pour pouvoir cartonner aux exams de fin d'année? demanda Lizzy

— Nan. Les derniers partiels ne comptent que pour quinze pour cent. Même si je cartonnais, je raterais quand même mon année. De toute façon, j'ai besoin d'au moins un B dans les matières principales pour conserver ma bourse.

— Zut, dirent les deux filles et puis elles se regardèrent à nouveau.

La gueule de bois de Rae lui traversait le cerveau avec des grosses bottes, et elle était encore à moitié lapidée par le cocktail de vodka et de Rohypnol que Nourri aux grains lui avait administré la nuit dernière, mais elle voyait bien qu'un débat silencieux avait lieu entre ces deux filles.

— Quoi ?

— Tes parents ne vont pas t'aider ? T'as aucun autre moyen de rester à la fac ?

— Nan.

Rae ne comprenait tout simplement rien aux statistiques. Quand elle s'était aperçue que le Professeur Gonder les enseignait ce semestre, elle aurait dû les laisser tomber et attendre le semestre suivant car Gonder était connu pour faire échouer les trois quarts des étudiants qui suivaient son cours, mais elle n'avait pas attendu. L'analyse de la variance, la régression appliquée et la régression multiple étaient bien trop difficiles pour qu'elle comprenne toute seule et les cours de Gonder l'embrouillaient plus qu'ils ne l'aidaient.

Elle se croyait si intelligente et, maintenant, « plus dure serait la chute », comme jubilerait tante Tracy-Jo lorsque Rae reviendrait chez elle en traînant des pieds, après avoir échoué.

— Aucun oncle riche qui puisse te prêter de l'argent ? Un prêt bancaire ? Une subvention ? demanda Lizzy.

Rae voulait soupirer, mais le souffle dans sa tête lui ferait trop mal. Georgie et Lizzy n'avaient jamais eu de problèmes d'argent. Elles achetaient toutes sortes de téléphones et de vêtements dernier cri et sortaient autant qu'elles voulaient. Leurs parents payaient probablement les frais de scolarité, les veinardes.

Rae n'était pas jalouse parce qu'elle savait que c'était sa destinée et elle avait accepté qui elle était et ce qu'elle était : une fille de la classe ouvrière n'ayant pas de relations mieux loties qu'elle.

— Il n'y a aucun membre de ma famille à qui je pourrais demander de l'aide parce qu'il est riche ou même de la classe moyenne. C'est trop tard pour faire une demande de prêt pour l'année prochaine et le gouvernement a sacrément réduit les subventions. Je ne peux même pas retourner à l'université publique pendant un semestre parce que j'ai fini mes cours d'enseignement général.

La porte d'entrée de la salle de travail claqua brusquement, ébranlant les murs minces et agitant les posters. La colocataire et cousine de Rae, Hester, entra dans le dortoir, de retour de son cours de théologie. Hester jeta un coup d'œil à Rae qui souffrait sur le lit, renifla et se dirigea vers la salle de bain. Sa jupe mi longue en dentelle volait joliment bien.

Rae gémit.

— Quand vous partirez, elle va s'en prendre à moi. C'est une autre raison pour laquelle je suis allée au Delta Chi. Pour sortir de ce dortoir. Hier après-midi, elle m'a fait tout un sermon du genre «Le salaire du péché, c'est la mort» lorsque j'essayais de réviser mon exam de psychopathologie.

— En fait, Lizzy se pencha et ses cheveux blonds ébouriffés touchèrent la joue de Rae. Lizzy murmura très doucement, tout près de l'oreille de Rae : "Le salaire du péché est d'environ deux cents dollars de l'heure."

Ça n'existait pas des salaires comme ça.

— Ouais. Bien sûr.

Au-dessus de la poitrine de Rae, Georgie demanda à Lizzy :

— T'es sûre de ça ?

— ça ne mange pas de pain d'essayer de voir si les choses pourraient s'arranger pour elle.

— D'accord, alors. Georgie se pencha, jeta sa longue tresse brune derrière elle et murmura à l'autre oreille de Rae : Mes parents ne m'aident pas non plus financièrement. Je travaille dix heures par semaine et je paie tout moi-même. Tout. Les cours, l'hébergement, la bouffe, les livres. Et il me reste de l'argent de poche.

Même Rae, qui avait du mal avec les statistiques, savait faire le compte. Deux cents dollars de l'heure, dix heures par semaine.

— ça fait genre deux mille dollars par semaine.

Rae ne savait pas trop ce qu'on devait faire pour deux mille dollars par semaine. Elle n'allait pas vendre de la drogue quand même ? La fac n'en valait pas la peine.

Lizzy murmura :

— Et les avantages sont géniaux. Tu devrais voir les soirées où on va ! On est allées à la soirée de la confrérie avec toi hier soir juste parce que tu avais l'air à côté de tes pompes.

— *J'étais* à côté de mes pompes.

Rae était toujours à côté de ses pompes.

La voix douce de Georgie était aussi séduisante que le whisky :

— Viens avec nous à une soirée, ce soir. On veut que tu rencontres quelqu'un.

Rae gémit.

— Je ne suis pas en état de rencontrer quelqu'un.

— ça ira mieux ce soir. Bois le truc vert.

Rae grimaça en entendant leur voix lui vriller les tympans et à l'idée désespérante de boire encore de cette horrible potion verte. La fumée imaginaire qui s'échappait de la surface sentait les bâtonnets de poisson.

Alors que les filles traversaient la salle de bain commune pour retourner dans leur propre chambre, en se trémoussant devant Hester, Lizzy demanda à Georgie :

— Est-ce qu'elle a quelque chose à porter ? Elle est beaucoup plus grande que nous.

— On peut lui trouver quelque chose dans le panier à costumes. Je vérifierai sa taille dans son placard.

Georgie lança à Rae :

— Sois prête à sept heures, maquillée et coiffée comme si tu allais à un mariage dans la haute.

Ben voyons. Un mariage dans la haute.

Ou un enterrement.

Les obsèques de Rae.

Ses propres funérailles seraient un soulagement.

Les filles laissèrent Rae seule, la tête pleine de chuchotements et de douleur.

Hester sortit de la salle de bain et sermonna de son horrible voix aiguë :

— « Le vin est un moqueur, la boisson forte fait rage : quiconque est dupé n'est pas sage. » Proverbes, Chapitre Vingt, Premier Verset.

Rae fit semblant de dormir et souhaita sa propre mort pour que la douleur dans sa tête et les versets de la Bible de Hester disparaissent.

ENFILER LA ROBE DE CENDRILLON

L'un des miracles de Hester dût se produire parce qu'à dix-huit heures, les analgésiques et le jus vert de sportive avaient maîtrisé la gueule de bois de Rae. Elle fit donc disparaître les restes de substance visqueuse de la gueule de bois sous la douche et se maquilla. Après avoir bouclé ses longs cheveux cuivrés, elle se sentit mieux, même si ses jambes tremblaient encore.

Heureusement, Hester était allée chez une amie pour la soirée alors elle ne pouvait ni faire un sermon à Rae, ni faire un rapport à leur famille commune sur le lieu où celle-ci se rendait, ou encore sur ses faiblesses. Rae devait saisir toutes les grâces qui lui étaient envoyées.

Dans la salle de bain attenante, elle trouva une robe à paillettes argentée que Lizzy et George avaient sûrement laissée là pour elle, car elle était à sa taille, mais aurait été trop longue de quinze centimètres pour Georgie, et trente centimètre du tissu étincelant aurait traîné sur le sol derrière cette petite blonde de Lizzy.

Une note épinglée à la bretelle lui dit d'être au coin nord-est du parking des dortoirs à sept heures et quart. Pas de signature.

Cette robe ne pouvait venir que de Georgie et Lizzy, non ?

Rae n'avait jamais rien porté de pareil. Elle ne savait même pas comment la mettre avant de trouver une petite fermeture à glissière dissimulée dans la couture sous l'aisselle.

Elle se glissa dans la robe, rentra les côtes, retint son souffle, remonta la fermeture jusqu'en haut et a attendit le bruit de tissu qu'on déchire mais la robe tint bon.

Un autre miracle.

La matière s'était étirée et elle pouvait respirer, même si des baleines de corset lui serraient la taille. La robe était ajustée, de ses seins remontés jusqu'à ses genoux et s'évasait juste assez pour qu'elle puisse marcher à petits pas. Rae décida qu'il n'y avait pas assez de place dans cette robe pour un collant.

La robe était taillée comme pour une sirène et Rae se souvient de quelque chose au sujet des sirènes hier soir mais elle ne savait plus quoi.

Elle se retourna et vit son dos nu dans le miroir. La robe argentée était largement découpée derrière elle et dévoilait toute sa peau nue et ivoire.

Elle ne ressemblait plus à cette gamine sortie tout droit du lycée et fraîchement débarquée de sa petite ville pour commencer l'université. La robe lui donnait l'impression d'être une vraie femme.

Sa mère l'aurait trouvée globalement peu pratique, et son père lui aurait demandé comment elle comptait se défendre contre un gars trop entreprenant et ensuite le distancer dans un engin aussi peu commode.

Elle n'avait pas besoin de se défendre contre un dragueur ou de le distancer. Lizzy et son Taser seraient là, et Lizzy et Georgie assuraient ses arrières. D'après ce qu'elles lui avaient dit, elles avaient effectivement protégé ses arrières la nuit dernière.

Elle trouva des pompes noires à lanières dans son placard et les hauts talons la rendirent encore plus instable. Les dernières traces de sa gueule de bois allaient l'éjecter de ses chaussures et lui faire fendre cette robe miraculeuse comme une truite qu'on vide. De la chair rose se déversant de cette peau tendue et argentée.

Expérimenter ce genre de scène repoussante dans sa vie était bien plus probable que de voir une robe de Cendrillon tomber du ciel et de se retrouver propulsée vers un bal. C'était plus conforme à la chance de Rae de déchirer la robe par devant et d'exposer ses seins devant le Prince Charmant.

Rae défiait Dieu et l'univers de lui envoyer un tel mauvais présage pour lui faire comprendre qu'elle devrait effectivement retourner à Pirtleville, trouver un emploi comme vendeuse et épouser le premier venu. Elle les mettait vraiment au défi de lui faire une chose pareille.

Elle passa un long manteau sur la robe scintillante — qui, maintenant qu'elle avait pensé au poisson, la faisait effectivement ressembler à un énorme leurre vivant — et elle sortit du dortoir en titubant, emprunta le trottoir et se tint debout au coin du parking que le petit mot spécifiait.

Rae attendait que quelque chose lui arrive.

LIMOUSINES ET COUCHERS DE SOLEIL

Rae était seule dans le parking désert, au crépuscule.

Une berline noire, aux vitres teintées, entra dans le parking et vint s'arrêter à côté d'elle. Un nuage de poussière s'échappa du dessous des pneus arrière et le pot d'échappement irrita la gorge de Rae.

Georgie et Lizzy ne s'étaient pas pointées. Le terrain en gravier s'étendait tout autour d'elle, vide, car tous les étudiants qui rentraient chez eux le week-end étaient déjà partis et ceux qui restaient se rendraient à pied dans les bars qui se trouvaient à quelques rues de là, mais pas avant une heure environ.

Les vitres de la voiture étaient tellement foncées qu'elle avait à peine vu le conducteur — un homme blanc en costume-cravate — à travers le pare-brise, quand la voiture s'était arrêtée sur le parking sombre et poussiéreux.

Personne ne la verrait monter dans la voiture. Personne ne verrait celle-ci partir avec elle à l'intérieur. Personne ne noterait la plaque d'immatriculation ou ne donnerait à la police une description de la voiture noire.

Bon Dieu, elle faisait une parfaite étude de cas de fille idiote assassinée, pour une classe de police judiciaire.

La portière arrière s'ouvrit et Rae recula, dégoûtée d'elle-même d'avoir été prise dans un piège aussi facile. Elle jeta un coup d'œil dans la voiture pour voir ce qui l'attendait.

Georgie et Lizzy étaient assises à l'arrière. Lizzy se déplaça vers le milieu pour faire de la place.

— Allez, grimpe, dit Lizzy. On n'est pas en avance.

Oh. Ça n'était que les filles.

Il faudrait vraiment que Rae surmonte cette paranoïa à un moment donné. On aurait pu penser que la paranoïa l'aurait empêchée de se faire « Rohypnoliser », mais évidemment non, Rae avait la paranoïa inutile.

Elle entra dans la voiture et se blottit contre Lizzy, qui portait une mini robe dorée un peu plus sombre que ses cheveux. A l'autre bout de la banquette, Georgie portait du pourpre. Ses longs cheveux bruns étaient enroulés en un chignon sophistiqué à l'arrière de la tête.

Rae avait bouclé ses cheveux mais n'avait pas pensé à un chignon. Peut-être qu'elle aurait dû en faire plus. Même dans sa robe magique à paillettes d'argent, elle se sentait mal habillée.

Les parfums de fleurs tropicales des filles se mêlaient à l'odeur de la garniture en cuir, rappelant à Rae une guirlande de fleurs drapée sur une selle de cheval.

La voiture quitta le bord du trottoir.

Georgie demanda à Rae :

— Tu te sens mieux ?

Rae sourit tristement. Elle était seule responsable de sa gueule de bois. D'abord pour avoir bu tellement de vodka et ensuite pour avoir été assez stupide pour se faire droguer.

— Oui, ça va mieux.

Ils quittèrent l'université et prirent l'autoroute, comme si la mystérieuse voiture noire les emmenait loin de leur vraie vie.

Même après deux ans et demi, l'université n'avait jamais semblé être la vraie vie aux yeux de Rae. La vraie vie, c'était avoir du mal à joindre les deux bouts, c'était s'en sortir difficilement après que la mine et la fonderie aient fermé et que les pères de chacun aient été mis au chômage et voir sa situation précaire s'aggraver encore, comme tous ceux que vous connaissiez.

Sur la rocade supérieure, la ville désertique de couleur beige s'étendait sous les rayons laser du soleil couchant. Sur ce pont, Rae avait l'impression d'être un poisson volant, mais au moins, elle était un poisson volant avec deux autres poissons brillants, serrés les uns contre les autres dans la voiture noire.

À côté de Rae, à chaque fois que Lizzy respirait, son épaule douce frottait la peau de son bras.

— On veut que tu sois tenue en haleine ce soir, dit Georgie. Ça va être une grande soirée. Ne t'inquiète pas de ce que tu dois faire ou quoi. Sois vivante, tout simplement, Georgie fixa le plafond noir de la voiture et réfléchit pendant une seconde, *enjouée*. Sois toi-même — drôle, sarcastique et parfois un peu innocente avec les yeux écarquillés — mais *encore plus* que tout ça.

Rae fut prise de court.

— D'où ça sort ça que je suis « innocente avec les yeux écarquillés ? »

Lizzy arqua un sourcil.

— Tu plaisantes, hein ?

— Non.

Rae était née et avait été élevée à la frontière mexicaine. Les membres de sa famille faisaient passer de la drogue par la frontière dans un sens et des armes à feu dans l'autre, tandis que d'autres membres de sa famille faisaient semblant d'essayer de les attraper. Elle était tout sauf innocente.

L'autre sourcil de Lizzy se leva.

— Rae, ma chérie, tu t'es déjà *rencontrée*?

— J'ai vécu avec moi toute ma vie. Vous avez vu ma cousine ? Depuis quand c'est moi l'innocente de la famille ?

Georgie envoya balader d'une main la défense de Rae.

— Oh, on n'a pas dit dans ta famille. Moi je dirais que ta coloc de cousine est pratiquement Amish, et même les Amish ne sont plus autant Amish que ça. C'est quoi sa secte d'ailleurs ?

— ça n'est pas une secte. Elle est baptiste. Comme Rae.

— Baptiste du Sud ? demanda Georgie.

— Oh non ! De l'Eglise Baptiste, s'exclama Rae. Les mots surgirent de quelque part au fin fond d'elle-même. Ces baptistes du Sud iront directement en enfer, avec tous ces chants et ces cris à l'église et que sais-je encore.

Georgie et Lizzy éclatèrent de rire en se moquant d'elle. Rae éclata de rire aussi, mais elle ne savait plus où se mettre après cette tirade qui lui était sortie machinalement de la bouche. Si elle avait su comment, elle aurait arraché toute cette crasse de son cerveau.

— Oh, mon Dieu. Attends que Le Dom entende ces conneries. Il va adorer, dit Georgie.

Lizzy tressaillit un peu, ce que Rae ressentit parce qu'elle était pelotonnée à côté d'elle comme un chat frileux. C'était agréable de rouler à l'arrière de la voiture et de se presser contre le corps minuscule de Lizzy, comme si elles étaient cousines, comme si appuyer ses seins exposés contre une fille était acceptable si vous étiez cousines.

Le conducteur quitta l'autoroute, pour entrer dans l'ombre des canyons de gratte-ciels du centre-ville.

— Rae chérie, tu n'as qu'à battre des cils quand tu dis des trucs comme ça. Les gars seront à tes pieds.

— Tu ne peux rien dire pour le moment, dit Lizzy.

— Je sais. Je ne dirai rien jusqu'à ce que Le Dom nous donne le feu vert.

Blottie contre la peau tendre de Rae, Lizzy se recroquevilla et regarda devant elle, pour voir la route à travers le pare-brise.

Lizzy avait tressailli les deux fois où Georgie avait mentionné le nom de Dom. Rae ne savait pas si elle voulait rencontrer ce gars, Dom, qui faisait tressaillir Lizzy, la fille sarcastique, et sûre d'elle qui jouait du Taser.

Georgie, en revanche était vive et professionnelle.

— Rae, souviens-toi que nous sommes de ton côté, car nous t'aimons et ne voulons pas que tu quittes la fac.

— J'en suis bien contente, déclara Rae. Et elle se sentait incroyablement heureuse de savoir qu'elles l'aimaient. Elles étaient superbes ce soir, habillées si joliment et toute apprêtées. Rae n'avait jamais vu des filles aussi belles et quand l'épaule de Lizzy cogna un peu sa poitrine lorsque la voiture prit un virage elle dit : Je vous aime beaucoup, moi aussi les filles.

Georgie poursuivit :

— Voici ce que tu dois savoir. Quand on sera à la soirée, il faudra que tu te fondes dedans, que tu prennes un verre ou deux et que tu t'amuses, mais ne te donne *surtout pas* en spectacle comme hier soir au Delta Chi.

— Oh, non bien sûr. J'étais mal, c'est tout. Et droguée au Rohypnol. Vous avez l'air tendues, les filles.

Peut-être que leur travail bien rémunéré consistait à vendre de la drogue ? Peut-être qu'elles étaient les fournisseurs de coke lors de cette soirée dans la haute ? Rae n'était la mule de personne. Les gens qui vendaient de la drogue mouraient, soit par overdose, soit tués par un cartel de drogue rival. Souvent, leurs familles étaient tuées aussi. Elle n'avait pas envie de prendre ce risque.

— Nan, c'est bon. Ces soirées sont marrantes, mais c'est pas ça le boulot. C'est juste de la pub. Après une heure ou deux, si tout va bien, on te présentera Le Dom.

— Ce mec s'appelle Dominique ?

— Non. Il va te demander si tu aimes la soirée, ce qui est crucial. Tu lui diras la vérité sur ce que tu aimes exactement et ce que tu n'aimes pas à propos de la soirée, des gens qui y sont et de ce que tu y vois.

Les nerfs de Rae se tendirent bien plus que les petits frissons de Lizzy.

— C'est quel genre de soirée ?

—Juste un cocktail, comme au Delta Chi, mais avec de meilleurs alcools et pas de drogues du viol. Tout ce que tu auras à faire c'est de boire quelques verres — ils sont vraiment bons, tu devras en essayer quelques-uns et je précise bien, quelques-uns — et parler à des gens intéressants, rencontrer nos amis et éventuellement parler au Dom, probablement. Il n'aura peut-être même pas le temps de te parler ce soir, mais il te surveillera.

À côté de Rae, Lizzy tressaillit à nouveau et elle baissa les yeux sur ses mains posées sur ses genoux. Lizzy s'était fait les ongles en rose.

Rae aurait dû se vernir les ongles. Au moins ses ongles étaient propres. Ses ongles n'avaient jamais été propres avant qu'elle ne déménage pour aller à l'université. À la maison, tout le monde avait les ongles noirs.

— Et après ?

Georgie haussa les épaules.

— Après la soirée, une limousine nous ramènera au dortoir et nous déposera. Tu peux te bourrer la gueule. Tu n'auras pas besoin de conduire. Bon sang, Lizzy. Tu trembles.

Lizzy jeta un coup d'œil par-dessus l'épaule de Georgie et par la vitre obscure.

— C'est parce que c'est la première fois que je vais le revoir depuis la semaine dernière.

— Sérieux, arrête de paniquer. Georgie s'installa plus confortablement dans la banquette en poussant Lizzy plus près de Rae.

Rae avait du mal à respirer parce que chaque fois qu'elle respirait, le bras de Lizzy frottait ses seins et Lizzy ne semblait pas remarquer ni vouloir bouger son bras.

Georgie dit à Lizzy :

— Après ce Dom-Date que j'ai eu avec lui il y a quelques mois, il a été génial. Après cinq minutes, peut-être même trois, ça ne te feras plus bizarre. Ça va aller.

La curiosité de Rae eut raison d'elle.

— Vous êtes sorties avec ce Dom, là ?

— Juste une fois, dit Lizzy. Elle avait l'air timide, ce qui faisait bizarre sur elle.

Rae demanda à Lizzy :

— Alors, tu penses qu'il ne va plus t'appeler ou un truc comme ça ?

— Ce n'est pas comme ça que ça marche. Il est entendu qu'il n'y a qu'une soirée avec lui. Je ne sais même pas combien il a dû dépenser pour ça. Au moins deux mille dollars, peut-être plus, en fonction du prix des billets de concert. On a rencontré le groupe pendant qu'ils faisaient la balance et on était assis au deuxième rang. Après on est sortis dîner. La bouteille de vin qu'il a commandée était ridiculement chère et délicieuse.

Rae avait l'habitude de voir Georgie et Lizzy comme des effrontées, c'est comme ça qu'on les aurait appelées à Pirtleville. Elle les admirait, mais maintenant la vulnérable petite Lizzy avait besoin qu'on la protège. Peut-être que Rae devrait être celle avec le Taser ce soir ?

— T'as peur de lui ? demanda-t-elle.

— Oh, non, non. Lizzy retint son souffle. Ses lèvres gonflèrent. Ses yeux bleu clair devinrent vitreux et ses joues rosirent. Je n'ai pas peur de lui du tout !

Rae avait pris suffisamment de cours de physiologie pour constater que Lizzy était soit amoureuse de Dom, soit sacrément excitée.

Lizzy croisa les jambes, en se frottant contre la robe argentée de Rae et sa cuisse, et elle retint un hoquet. Lizzy ferma les yeux mais Rae vit ses yeux bleus rouler vers le haut lorsque ses paupières se fermèrent.

Des frissons parcoururent la peau de Lizzy, qui se serra contre le bras de Rae.

Bon Dieu, Lizzy venait d'avoir un orgasme, un de ces petits trucs lancinant, rien qu'en pensant au type.

Georgie se pencha en avant, pressant Lizzy plus fermement contre Rae et lui demanda :

— Qu'est-ce qu'il t'a fait ?

Sa voix suggérait qu'elle savait très bien quel genre de choses Dom faisait aux gens et que c'était de vilaines choses.

— Je ne veux pas en parler. Les joues de Lizzy devinrent encore plus rouges.

Avec encore plus de timidité affectée dans la voix, Georgie demanda :

— Pendant combien de temps ?

Lizzy caressa sa propre épaule et regarda le pare-brise avec un vague sourire. Le coucher de soleil se reflétait sur sa peau lisse.

— Trois heures.

Georgie lui rit au nez.

— ça ne va pas être un truc bizarre, si ? demanda Rae.

— Non. S'il s'en tient à son habitude, il t'accordera un peu plus d'attention ce soir que la normale mais il n'y aura pas de rendez-vous avec lui, par respect pour toi. La semaine prochaine, cependant, les affaires reprendront leur cours normal.

Lizzy hocha la tête.

—Je peux gérer ça, dit Rae.

Elle sortit son bras d'entre elle et Lizzy et le posa sur le dossier de la banquette. Avec plus de place, Lizzy s'installa sur le côté de Rae pour faire face à Georgie et posa l'arrière de sa tête sur le buste de Rae. C'était doux et innocent, ce câlin. C'était juste un soutien moral.

La main de Lizzy s'abaissa et se posa sur la cuisse de Rae.

Georgie demanda :

— Vous aviez déjà parlé de ça avec Le Dom, n'est-ce pas ?

— Oh oui. Et tu avais eu un Dom-Date, et certaines de nos amies aussi, alors je le savais. C'est juste, eh bien, waouh.

— Ouais. C'est le problème des Dom-Dates. En bon comédien, il vous laisse toujours sur votre faim.

Les yeux de Lizzy s'écarquillèrent et elle se mit à rire en acquiesçant.

— Ouais !

La voix de Georgie devint douce.

— Ne fais rien de stupide Lizzy, d'accord ? Si tu rencontres quelqu'un d'intéressant ce soir, amuse-toi. Ne te prends pas la tête. C'est là que les choses deviennent bizarres.

Lizzy hocha la tête et sa tête frotta à nouveau contre le sein de Rae. Rae accordait très peu d'attention à leur conversation, à cause du corps moelleux de Lizzy coincé contre elle, et la main de celle-ci sur sa cuisse.

Rae ne se considérait pas comme prude et elle était certainement très éloignée de la vierge battant des cils qui était arrivée à la fac, deux ans-et-demi plus tôt. Elle avait eu deux petits copains et deux ou trois histoires sans lendemain, suffisamment pour être respectable, mais pas assez pour être une salope. Elle n'avait jamais touché une fille de la manière dont Lizzy la touchait en ce moment, agrippée à sa cuisse. Elle avait l'impression qu'elle devait s'écarter, mais il n'y avait pas de place sur le siège arrière en cuir noir de la voiture et elle ne voulait pas bouger. En fait, elle voulait que la main de Lizzy remonte plus haut sur sa cuisse.

— Je ne ferai rien de stupide, dit Lizzy. Je savais à quoi m'en tenir. Je sais ce qu'il est, aussi. Mais, bon, waouh !

Rae se pencha en avant.

— Et c'est quoi ? Qu'est-ce qu'il est ?

Georgie fit un petit sourire triste.

— C'est une question piège. Qu'en penses-tu, Lizzy ?

— Bon sang, si je savais, dit-elle.

Rae commençait à s'inquiéter à l'idée de rencontrer ce gars.

Georgie demanda à Lizzy :

— Est-ce que tu sais quelque chose sur lui, genre d'où il vient, tout ça ?

Lizzy haussa les épaules.

— Il vient d'ailleurs. Il a un accent britannique la plupart du temps, très londonien, mais j'entends parfois du français ou de l'italien ou autre chose. Quelque chose d'asiatique, peut-être, même ? Pas du sud-ouest des US, c'est sûr. Et il connaît beaucoup de monde ici.

— Je travaille pour lui depuis plus d'un an maintenant, et je pense qu'il est aussi lisse et poli qu'un miroir, dit Georgie. Tout ce que tu es, ou ce que tu veux, se reflète sur sa coquille parfaitement lisse. Si tu lui poses une question sur lui-même, il ne répondra pas exactement et, on ne sait pas pourquoi, tu te mets à lui avouer quelque chose de très personnel sans t'en rendre compte, ensuite tu as cette conversation géniale avec lui, et après ton départ, tu réalises qu'il ne t'a pas répondu et que tu ne sais toujours rien de lui. Même les choses que tu penses savoir sont suspectes, parce qu'elles s'adaptent juste à toi.

L'estomac de Rae se contracta. D'après ses cours de psychopathologie, elle pouvait presque le diagnostiquer comme psychopathe sans même l'avoir rencontré.

«Genre, poursuivit Georgie, je pense qu'il aime probablement la musique live et les livres. Il amène toujours les filles à une sorte de concert, mais il doit les choisir en fonction de ce qu'elles aiment, car c'est parfois du rock, parfois de la pop, parfois de la musique classique. Il a même accompagné Nona à un concert de musique country. Si tu lui parles de livres, soit il a déjà lu le livre dont tu parles, soit il te demande de lui écrire le nom et l'auteur, et souvent, une semaine plus tard, il aura quelque chose d'intéressant à dire sur le bouquin. Mais je ne suis pas sûre qu'il aime vraiment lire. La plupart des filles aiment les livres et ça pourrait être encore un moyen pour qu'elles s'identifient à lui.

— Je ne pense pas, dit Lizzy. Il a beaucoup lu. Il a lu tout ce que je lis pour la fac : Poe, Woolf, Tolstoï, Shakespeare, Sand et les deux Eliot, T.S. et George, et il peut en citer des phrases. Je ne pense pas qu'on puisse simuler tout cela.

Georgie hocha la tête.

— Et il a une vision modérée et intelligente du sport et de la politique, et de tout ce sur quoi tu lui demandes son avis.

— Et il parle plusieurs langues, ajouta Lizzy.

Georgie hocha la tête.

— Je l'ai entendu parler une sorte de chinois et quelque chose de moyen-oriental...

Lizzy lui coupa la parole.

— Je l'ai entendu parler russe. Et aussi, il aime le sexe !

— Ah, oui, le sexe. Il aime les femmes, il a *soif* des femmes et il aime être avec des femmes, plusieurs ensembles, déclara Georgie. Il aime le sexe, et quand tu es avec lui, c'est presque… dit-elle en regardant Lizzy… comme s'il entrait dans ta tête et qu'il savait ce que tu veux, même si tu ne le sais pas toi-même ou si tu ne veux pas le dire. C'est l'effet miroir.

Lizzy hocha la tête et ses lèvres se gonflèrent à nouveau. Elle respira profondément et Rae sentit sa propre respiration s'intensifier aussi, tandis que le dos de Lizzy était fermement installé contre sa poitrine et que sa main agrippait sa cuisse alors que la voiture prenait un virage et les pressait toutes les deux contre le siège en cuir.

— Il y a deux cents ans, Le Dom aurait fait un grand sultan, et tout son harem aurait ressemblé à Lizzy, à ressentir encore les contrecoups des orgasmes une semaine plus tard.

— C'est pas vrai, protesta Lizzy.

Georgie lui jeta un coup d'œil. Son sourire complice devint indulgent et on y voyait presque une certaine nostalgie.

— Tu parles… Il est étrange à certains égards. Tu sais ce qui est arrivé à ce chat ?

— Le noir qui traînait au travail il y a quelques mois ? demanda Lizzy. Je pensais que Le Dom avait demandé à quelqu'un de l'amener à la SPA.

— Non. Il a simplement dit qu'il s'en « était occupé », mais il n'a rien voulu dire de plus.

— Tu ne penses pas qu'il l'a blessé quand même.

—Je ne sais pas. Personne ne sait.

— Il n'est pas méchant comme ça. Il n'est pas méchant du tout.

— Ouais, eh bien, on ne sait pas ce qui se cache sous cette brillante boule à facettes. Peut-être qu'il y a un sombre secret bouillonnant. Ou peut-être que c'est juste un gars ordinaire qui mène une vie étrange. Il s'agit peut-être d'une personne très secrète, même si c'est peu probable. Peut-être qu'il n'y a rien sous la coquille, et que cette coquille est vide.

Rae savait que la dernière partie, à propos de la coquille vide, était une définition classique du psychopathe. Tuer des animaux, s'il avait tué le chat, c'était l'étape qui transformait un psychopathe en tueur en série, dans les manuels scolaires. Et elle avait beaucoup de manuels de psychologie.

Ses manuels scolaires étaient également pleins d'exemples des dégâts émotionnels que subissaient les personnes normales après une relation personnelle ou de travail avec un psychopathe. Avec un tueur en série c'était pire. Cela foutait une trouille bleue à Rae et elle s'inquiéta pour Lizzy et son « entretien » prolongé avec Le Dom, qui semblait l'avoir manipulée émotionnellement.

— Qu'est-ce que tu as fait après ? demanda Lizzy à Georgie.

Rae se détendit un peu. La question de Lizzy sonnait comme si elle tenait le coup, ou du moins qu'elle était lucide.

Georgie haussa les épaules.

— Je me suis jetée dans mon travail.

Lizzy éclata de rire.

Rae était contente que Lizzy rigole, même si elle ne comprenait pas la blague. Les doigts de Lizzy traînèrent légèrement le long du tissu brillant qui recouvrait à peine la cuisse de Rae. Des frissons parcoururent sa peau.

La voiture s'arrêta le long du trottoir près de l'un des grands hôtels du centre-ville, à côté du Symphony Hall et du Capitole au dôme doré. Rae regarda par la vitre les ampoules flamboyantes et les immeubles imposants qu'elle n'avait jamais vus de plus près que du viaduc de l'autoroute. En CE2 la maitresse de Rae avait montré des diapositives du dôme luisant du Capitole et les enfants crasseux avaient été impressionnés par sa magnificence.

Georgie ouvrit la portière et sortit dans la nuit éclairée.

Des lampes en verre clair avec un filament enflammé à l'intérieur, étaient accrochées au mur de l'hôtel. Rae fut éblouie après la pénombre intérieure de la voiture.

Lizzy s'éloigna de Rae et glissa ses fesses sur le siège. Rae eut envie de soupirer, mais elle ne savait pas pourquoi elle soupirait sur la fin d'une balade en voiture, alors elle ne le fit pas.

Juste avant que Lizzy ne sorte sa jambe de la voiture, elle se tourna vers Rae.

— Tu ne diras rien là-dessus, n'est-ce pas ? Elle posa à nouveau la main sur la cuisse de Rae.

Toute l'attention de Rae se concentra sur sa cuisse où la main de Lizzy touchait le tissu brillant qui recouvrait sa jambe.

— Bien sûr que non.

Rae était très fiable comme amie.

— Tout le monde veut un rendez-vous avec Le Dom, et tout le monde est en larmes pendant un jour ou deux après, et c'est gênant.

Rae ne comprit pas, mais elle laissa pisser.

— Je ne dirai rien. Je ne sais même pas de quoi vous parliez.

Lizzy éclata de rire.

— Bien sûr.

Lizzy se pencha et embrassa Rae sur la bouche, et ses doigts se crispèrent sur sa cuisse. Les lèvres de Lizzy avaient le goût de cerises et elles étaient douces, comme sa peau soyeuse et blanche.

Rae s’arrêta de respirer alors qu’elle se mettait à rougir et elle rendit le baiser, voulant que ça dure, mais Lizzy sortit de la voiture et disparut.

Les ampoules des lampes brillaient violemment à l'extérieur de la voiture sombre.

Rae vit la main pâle de Lizzy s’agiter dans le halo lumineux à l’extérieur de la voiture, invitant Rae à sortir.

UN AUTRE GENRE DE SOIRÉE COCKTAILS

Les trois filles prirent l'ascenseur bordé de miroirs de l'hôtel. Il monta si vite et si haut que Rae saisit la rampe parce que ses jambes étaient lourdes et elle fut surprise que l'ascenseur ne sorte pas par le toit de l'immeuble.

Les portes s'ouvrirent directement sur une salle de bal où une foule compacte se dandinait. L'air pur sentait le parfum de luxe et les gens propres.

Un grand black en costume noir s'avança devant les portes de l'ascenseur alors qu'elles sortaient. Georgie et Lizzy lui sourirent et hochèrent la tête.

Il hocha aussi la tête et recula, mais il ne sourit pas.

Elles firent quelques pas avant que Rae ne murmure à ses amies :

— Est-ce que c'était Dom ?

— Non, murmura Georgie. C'est Jeff, l'un des gars de la sécurité. Il est sympa. Il prend juste son travail au sérieux.

— Ah, OK.

Rae, étant grande. Elle pouvait voir par-dessus la

foule, essayant de voir tout le monde et de repérer le fameux Dom, comme si elle pouvait deviner le nom des gens juste en les regardant. Sa curiosité l'avait rendue un peu stupide.

Environ la moitié des personnes présentes à la soirée semblaient plus âgées que Rae et ses amies, peut-être dans la trentaine ou la quarantaine. Les hommes portaient des costumes et la plupart des femmes portaient des tenues de satin noir. Quelques femmes plus aventureuses portaient de la soie bleu marine.

Les gens qui avaient sensiblement le même âge que Rae, étaient habillés différemment, en revanche.

À côté de Rae et de ses amies, une jeune femme plantureuse, blonde, sûrement une deuxième épouse ou une maîtresse, portait une mini robe rose nacré chatoyante. Les autres jeunes femmes semblaient des points brillants qui s'agitaient dans la foule.

Les quelques jeunes hommes portaient des costumes sur mesure et à la mode. L'un d'entre eux avait le col ouvert, sans cravate et Rae aperçut un éclat d'argent sur son cou, comme s'il portait une chaîne.

Elle demanda aux filles :

— Est-ce que Dom est là ?

Les filles jetèrent un coup d'œil rapide autour d'elles. Rae pensa que, vu la densité de personnes, leurs regards ne pourraient même pas repérer une cape rouge lors d'une corrida. Elle se demandait si Dom avait vraiment une allure reconnaissable entre toutes ou si elles ne cherchaient pas vraiment.

Lizzy a dit :

— Je ne le vois pas. Allons danser.

La petite main de Lizzy se glissa dans celle de Rae et elle l'entraîna dans la foule avec Georgie. Lizzy avait fait découvrir pas mal de trucs à Rae ces dernières vingt-quatre heures, mais cela semblait bien se dérouler, étant donné qu'elle était à un cocktail prétentieux plutôt qu'à une soirée enfumée de confrérie universitaire. Rae n'avait qu'à suivre Lizzy et voir où cela la mènerait.

Peut-être que ce serait quelque chose de vraiment intéressant, bien plus intéressant que la vie dans laquelle Rae était tombée. Elle avait juste besoin d'être *enjouée*.

Rae ne savait pas trop comment être *enjouée*.

La foule s'agitait sur la piste de dansc. Un DJ passait de très, très, vieux rocks et du disco des années soixante-dix.

Lizzy commença à danser, Georgie suivit et Rae se mit à traîner les pieds et à se balancer. Elle continua ses petits pas timides et hésitants le temps d'un morceau et Lizzy lui dit :

— T'as besoin d'un verre.

Rae accepta. Elle avait l'impression d'être le centre de l'attention dans sa robe flashy. Tout le monde semblait la regarder comme si elle était en train de se ridiculiser.

Pendant qu'elles buvaient des martinis pour fille de la couleur de bijoux, Lizzy raconta des blagues salaces.

Après un cocktail, puis un autre, Rae trouva les blagues plus drôles.

C'était bon de rire après toutes ces sombres pensées sur le fait de quitter la fac, et Rae se laissa aller. Hier soir, au Delta Chi, elle avait couru après le sexe et l'ivresse avec une rage intense. Ce soir, Rae respirait. Si c'était sa dernière semaine de plaisir, eh bien, elle comptait bien en profiter. Elle allait la passer à rire.

Quand Rae commença à glousser bêtement Lizzy les entraîna à nouveau sur la piste de danse. Rae trouva son rythme cette fois et ne se soucia plus du regard des autres. Elle dansa sur les vieux rocks datant de bien avant sa naissance.

Un jeune homme qui dansait à côté d'elle défit sa chemise à coups d'épaules. Rae le regarda à la dérobée. Sa poitrine était lisse, il remuait ses cheveux en bataille en rythme et dansait lascivement avec une femme qui avait au moins dix ans de plus que lui. La femme tendit un long doigt et saisit l'épaisse chaîne en argent autour de son cou. Ses yeux, son corps son attention, tout était tourné sur cette femme. Elle l'embrassa.

De l'autre côté, un homme aux cheveux blancs et au visage flasque dansait avec une jeune femme de l'âge de Rae. C'était une poupée blonde à la taille de guêpe, dans une robe à paillettes turquoise, et les mains du vieux étaient partout sur elle, saisissant ses seins et son cul.

Si Rae n'avait pas été aussi éméchée, elle aurait peut-être été choquée, mais Lizzy et Georgie s'approchèrent d'elle en dansant parce que la foule les avait poussées ensemble. Leurs corps magnifiques se collèrent à la robe chatoyante de Rae, lui frottant le dos, les cuisses et les seins. Tout ça était si agréable qu'elle dansa pendant une heure jusqu'à ce que le DJ intervienne pour ralentir le rythme. La musique laissa les bruits sourds des basses pour le chant haut perché d'une soprano sur fond de flûte argentée.

Rae tendit la main vers Lizzy quand un homme se glissa dans ses bras. Elle leva les yeux pour voir son visage. Ses mains se posèrent sur ses épaules musclées avant de savoir ce qu'elle faisait.

L'homme était encore plus grand que Rae, même si elle portait des talons, ce qui signifiait qu'il devait faire au moins un mètre quatre-vingt-dix. Ses cheveux blond doré arboraient une coupe militaire, son cou et sa mâchoire étaient impeccablement bien rasés. De toute façon, couvrir ses pommettes saillantes et sa mâchoire avec une barbe aurait été un crime contre nature. Ses yeux brillaient d'un bleu vif.

— Euh, excusez-moi ? J'allais danser avec mon amie, là, dit-elle. Mais quand Rae tourna la tête, Lizzy n'était plus là, et un gars en costume lui tournait le dos.

L'homme blond — car c'était un homme, pas seulement un gars — prit Rae dans ses bras puissants. Il passa un bras autour de sa taille et son autre main saisit fermement sa main droite. Il sentait le thé au citron, le savon neuf et quelque chose de plus sombre, de plus musqué. Il sourit, mais le sourire n'atteignit pas tout à fait ses yeux très bleus.

— On danse ?

L'abandon de Georgie et de Lizzy la surprit.

—Je suppose que oui.

L'homme se mit en mouvement d'une manière déterminée comme s'il comptait valser et le corps de Rae se balança avec le sien. Il ne cambrait pas le dos comme ces danseurs professionnels, mais tout son corps donnait l'impression d'être en acier. Ses bras puissants la tenaient si fermement qu'elle se sentait liée à lui.

— Alors ? dit Rae, cherchant à engager la conversation. Super soirée, hein ?

— Oui en effet. Tu danses bien.

Sa voix grave semblait impressionnée, comme si c'était inhabituel.

— Merci. Tu n’es pas avec quelqu'un ? On dirait que la plupart des gens sont en couple.

— Non, dit l'homme. Je suis solo.

Rae n'était pas sûre d'avoir bien entendu.

— C’est ton prénom ? Solo ?

— Non, rit-il. Pas du tout. Je suis seul. Solo.

— Ah, oui, je comprends. Elle lui sourit vivement, essayant d'être vive et *enjouée* au lieu de paraître simple d'esprit, au cas où Dom la regarderait. Hé, ce gars pourrait même être un test. Elle sourit plus largement. Bon, je m'appelle Rae.

— Tu t’es servie du bar ? demanda-t-il.

— Oh, oui, dit-elle embarrassée. Ma copine m'a fait boire des martinis au citron. Ils étaient vraiment sucrés, tu sais, comme du sirop de citron.

Il la fit tourner, dansant en cercles étroits et les pieds de Rae répondaient parfaitement à ses pas.

— Tu as aimé ?

— Ouais, ils étaient bons.

Elle n’arrêtait pas de le regarder. Même ses cils étaient dorés. Son père l'aurait traité de joli garçon parce qu'aucune cicatrice ni bosses ne durcissait la peau lisse de sa mâchoire linéaire et de ses pommettes. Elle décida de l’appeler « le blond canon » dans sa tête parce qu’elle n’avait pas entendu son nom ou ne s’en souvenait pas. Mon Dieu, pourvu qu’elle n’ait pas encore été « Rohypnolisée ».

Le blond canon demanda :

— Qu'est-ce que tu étudies à l'université ?

— Psycho. Je viens de lire un article de recherche qui disait que tous les hommes pouvaient être décrits, soit comme des vampires vivants, soit comme des loups garous. J'ai presque pensé que c'était une blague, mais c'était dans un bon journal pourtant.

— C'est intéressant. Dis-m'en plus.

Son ton amusé l'encouragea un peu trop.

— Le journal contenait de très bonnes données et des démonstrations convaincantes. Il semble que la plupart des hommes s'identifient assez facilement à l'un ou à l'autre. Alors, es-tu un vampire ou un loup-garou ?

Son sourire eut un petit soubresaut ironique.

— Je t'assure que je ne suis ni un vampire ni un loup-garou.

Il avait un léger accent, peut-être britannique.

Rae décida de poursuivre la conversation. Pourquoi pas ? L'alcool de qualité qui imbibait son cerveau amortissait la paranoïa inutile, la honte enfantine provoquée par l'église et son bon sens, alors elle montra du doigt le type plus âgé en train d'importuner la blonde et lui demanda :

— Et ce type-là ? Vampire ou loup-garou ?

Le blond canon sourit, encore plus amusé. Il se pencha et son murmure lui chatouilla l'oreille et l'épaule nue.

— Un vampire, au moins pour l'âge.

— Et ce gars-là ? Rae lui fit remarquer le gamin hirsute qui tournicotait autour de la femme plus âgée.

Il jeta un coup d'œil à l'endroit indiqué par Rae.

— Un louveteau, peut-être ?

— Tout à fait, dit-elle.

Le blond canon recula, lui laissant un peu de place.

— L'article de psychologie mentionnait-il si on pouvait aussi facilement distribuer des rôles de la littérature populaire aux femmes ?

— Non, juste les gars, dit Rae, mais je pense que les femmes peuvent être soit Bella soit Katniss.[1]

— On dirait que ton hypothèse mériterait un article. Et toi, qui es-tu ? Une Bella ou une Katniss ?

Bella. Rae savait qu'elle était une copie conforme de la petite Bella passive qui attendait et obéissait. Elle détestait ça.

Merde, pour ce soir, pour cette dernière nuit magnifique avant d'être renvoyée de l'université, Rae allait abandonner sa Bella intérieure. Elle leva le menton et sourit.

— Katniss.

Le sourire et les yeux bleus du blond canon se concentrèrent sur elle.

— Pourquoi ?

Oh, mince. Maintenant, elle devait trouver quelque chose.

— J'aime ma famille plus que tout et je sais tirer à l'arc.

Le blond canon battit des cils et Rae fut un peu surprise de constater qu'aucune poussière d'or ne s'échappait de ses épais cils chatoyants.

— Voilà une réponse surprenante.

— Mon père m'a appris à chasser à l'arc à l'âge de neuf ans. Toute ma famille chasse à l'arc.

— Tu es une petite Amazone, n'est-ce pas ?

Personne ne traitait la gigantesque Rae de «petite» quelque chose, mais ce gars-là mesurait une bonne dizaine de centimètres de plus qu'elle.

— J'imagine.

Et tes amies, Georgie et Lizbeth. Ce sont des Bella, n'est-ce pas?

Rae remarqua encore son accent, juste au moment où il disait « n'est-ce pas ».

— Oh, je ne pense pas que ce soit des Bella. Georgie va être avocate et elle sera géniale pour plaider au tribunal. Et Lizzy peut être méchante avec un Taser, si tu la mets en colère. Je pense qu'elle finira par devenir professeur. Alors tu connais Georgie et Lizzy ? Et leur ami Dom ? Tu le connais ?

L'homme leva les sourcils d'un air amusé, cela aurait dû mettre la puce à l'oreille de Rae, mais elle était un peu saoule et en sueur à force de danser avec ses amies.

Le blond canon demanda :

— Est-ce que je devrais le connaître ?

— Elles ont dit qu'il serait là. Ce mec, Dom, semble un peu manquer d'humour à mon avis.

Un de ses sourcils pâles se contracta un peu.

— Il manque d'humour ? Est-ce que c'est comme ça qu'elles ont décrit Dom ?

— Non. Elles l'aiment bien. Mais ça a l'air difficile de le connaître. Rae ne dit rien de ce qu'elles avaient dit parce qu'elle était fiable, elle ne caftait pas. Elles m'ont juste expliqué ce que je devais lui dire, comme si elles ne voulaient pas que je fasse des bourdes si je le rencontrais.

— Ah bon ? demanda-t-il, comme si elle avait dit la chose la plus fascinante.

C'est vrai que pour le cerveau imbibé de martinis au citron de Rae, elle était plutôt fascinante en ce moment. Elle trouvait qu'il sentait bon, comme de la cannelle sucrée et comme quelque chose qui poussait dans un pré, et aussi comme un homme fort et propre.

— Ouais, elles ont juste dit de lui dire la vérité, mais elles m'ont donné l'impression que je devais dire toute la vérité et rien que la vérité, comme si c'était un juge ou un médium ou un truc comme ça.

— Ce n'est sûrement pas le cas. Mais peut-être

devrions-nous tester ta sincérité ? Ça ferait plaisir à Georgie et à Lizbeth, non ?

Le blond canon sourit à nouveau, et ses dents blanches n'étaient pas pointues comme un vampire. Son sourire était doux, comme s'il était vraiment heureux que Rae danse avec lui et qu'ils discutent.

Rae gloussa et son corps vibra.

— Bien sûr. Pourquoi pas ?

— Quel rire merveilleux, tu as.

Ses yeux bleus se plissèrent comme s'il était ravi.

— Je chantais dans la chorale de l'église, avant. Rae voulait juste le faire sourire encore plus. Chanter renforce votre diaphragme et c'est comme ça qu'on se retrouve avec cet abominable rire puissant. Je déteste ça.

— Je pense que ton rire est délicieux. On dirait un concert de carillons. Tu as dit que tu avais essayé les cocktails ?

— Oui ! Quelques-uns. *Plus que quelques-uns.* Et j'ai aussi essayé un peu de ce whisky à l'étiquette bleue. Il était vraiment bon.

— Tu aimes le whisky, dit-il d'un air pensif. Intéressant. Et comment tu trouves la musique ?

Elle babilla parce qu'elle aimait le voir sourire.

— Un peu, euh, classique à mon goût, mais c'est marrant de danser là-dessus.

— Tu aimes danser. Il la fit pivoter en cercle comme pour montrer qu'il était plus grand et beaucoup plus fort qu'elle, et que même elle, cette fille de presque un mètre quatre-vingt semblait fragile dans ses bras.

Rae raidit le dos et contrôla la rotation.

Mme Geerhardt lui avait appris le Foxtrot et la valse à l'école biblique en septième année. Dans le frais sous-sol de l'église, les garçons et les filles boutonneux s'étaient tenus face à face, paumes tendues et avaient compté les pas à haute voix sur la musique classique. Finalement, le pasteur Stoppard avait obligé la vieille Mme Geerhardt à ne plus leur enseigner une chose aussi païenne que la danse.

Elle serra les bras et le dos et ne le laissa pas la faire tourner trop fort.

Le blond canon baissa les yeux sur elle quand elle se recula. Il lui souriait d'un air moqueur.

— Tu es une bonne cavalière. Tu as l'habitude de mener ?

Elle leva le menton parce que, eh bien, elle ne savait pas pourquoi elle le faisait sinon parce que Lizzy et Georgie s'étaient frottées contre elle, ce qui l'avait excitée plus qu'elle n'aurait jamais admis, et elle aimait la sensation de cet homme dans ses bras. Cela faisait huit mois qu'elle n'avait pas eu de petit copain, à tel point qu'elle était allée à la soirée de la confrérie hier soir dans l'intention de se faire baiser. En plus elle rentrait chez elle à Pirtleville dans trois semaines et demie. Personne à cette soirée ne cancanerait sur elle.

Elle sourit au blond canon.

— Oui, j'ai tendance à mener.

Il sourit un peu plus et inclina la tête comme si elle avait dit quelque chose de drôle et de légèrement scandaleux. Elle se sentait bien. Il lui demanda :

— Comment tu trouves les gens, ici ?

Rae regarda l'étudiant avec la femme dominatrice en satin noir et l'homme aux cheveux blancs qui caressait la jeune minette.

— C'est un mélange étrange, mais j'ai été trop occupée à danser pour regarder beaucoup autour de moi.

— Regarde bien. La femme au tailleur noir avec le jeune homme torse nu ?

Rae savait exactement de qui il parlait et elle les regarda. Le jeune homme aux cheveux hirsutes était en train de se frotter contre la femme. Comme si elle allait lui acheter une nouvelle planche de surf s'il l'excitait assez.

— Le louveteau ?

— Oui ! Sa voix ravie l'encouragea.

La femme portait un maquillage épais, au point que tout le fond de teint et la poudre semblaient craquer quand elle souriait, de même que son rouge à lèvres rouge foncé semblait solide.

— Il a l'air vraiment d'être dedans. Elle par contre, a l'air blasé.

— Elle ne lui permettra pas de prendre le dessus.

— Oh. Je vois, elle fait la difficile.

— Pas exactement. Et la femme à la robe courte orange avec le monsieur à la cravate noire ?

Un coup d'œil à la femme fauve qui s'était emparée des épaules et du torse de l'impassible mec en disait long à Rae.

— Il se fait désirer, ou bien il la paye pour la soirée.

— Oui, il y a toujours une dynamique de pouvoir dans un couple.

Le blond canon, et elle réalisa qu'elle ne connaissait toujours pas son vrai nom ou qu'elle l'avait oublié parce qu'elle était juste assez éméchée pour oublier des choses et peut-être prendre de mauvaises décisions, avait fait valser Rae jusqu'au bord de la piste de danse.

Le Blond canon fit un signe de tête, attirant son attention vers un couple sur le côté de la pièce, pardessus les têtes.

— Que penses-tu de ces deux personnes qui baisent contre le mur ?

Rae jeta un coup d'œil par-dessus l'épaule du blond canon et découvrit le couple dont il parlait. Ils n'essayaient même pas d'être discrets. Le type faisait partie de la quarantaine d'hommes vêtus d'un costume noir et il baisait une femme blonde par derrière, contre le mur. Sa robe rose pailletée brillait au-dessus de son cul rond et bronzé et son string était autour de ses chevilles. La femme rejetait la tête en arrière alors qu'il la cognait contre le mur.

— Merde alors !

La première réaction instinctive de Rae avait été de courir vers eux et de tirer l'homme en arrière parce qu'elle supposait que c'était un viol, mais la femme saisit la veste de costume de l'homme pour l'attirer plus près de lui. Son autre main s'étalait au-dessus d'elle sur le mur et ses doigts griffaient la peinture.

Rae se retourna vers le blond canon. Elle avait le visage brûlant et elle savait qu'elle devait être toute rouge et gênée. Elle pensa qu'elle ferait mieux de traverser la foule en courant et de quitter cette soirée aussi vite qu'elle le pourrait.

— Mais ils baisent vraiment ?!

Il éclata de rire.

— Oui, c'est bien ça !

— Ici, devant tout le monde et tout ?! Rae devrait partir. Cette soirée était une sorte de Sodome et Gomorrhe qui lui faisait peur. Pourtant, une partie moins nerveuse de son cerveau se souvenait que des couples d'étudiants s'embrassaient à pleine bouche contre les murs lors de la soirée de la confrérie la veille au soir. Certains d'entre eux en étaient déjà aux préliminaires. « Ça n'est pas illégal ? En public ? »

— C'est une soirée privée, dit le blond canon.

D'autres personnes dans la foule s'arrêtèrent pour regarder l'homme en train de baiser la femme contre le mur. Certains jetèrent juste un coup d'œil et retournèrent danser ou boire.

Rae les regarda à nouveau. Le pantalon et le slip de l'homme étaient tombés sur ses chevilles et le pan de sa chemise blanche se balançait alors qu'il pilonnait la jeune femme. Il avait enroulé un bras autour de sa taille, et la tenait prisonnière de sa queue. Son autre bras était passé par devant et sa main s'agitait violemment dans sa chatte.

Rae fit pivoter le blond canon pour pouvoir mieux les voir par-dessus son épaule. Il ne bougea pas assez, alors elle le força un peu et se pressa contre lui. Il se remit à rire.

Les yeux de la femme étaient fermés et elle avait l'air de crier, sur le point d'atteindre un orgasme, mais Rae ne pouvait pas l'entendre à cause de la musique assourdissante. Le bassin de l'homme ondulait, et Rae paria qu'il était bon en la matière, meilleur qu'un étudiant maladroit.

Le couple se trémoussait en rythme et baisait frénétiquement. La chatte de Rae commença à enfler et à devenir sensible, et les longs mois qui s'étaient écoulés depuis la dernière fois où elle s'était fait sauter commencèrent à peser sur elle.

Rae se rendit compte qu'elle les observait depuis un moment lorsque le Blond canon la serra plus près.

— Qu'est-ce que tu penses d'eux ?

— Ils ont l'air de s'amuser.

Les lèvres de Rae s'entrouvrirent, comme si elle voulait être embrassée. Elle n'avait jamais vu deux personnes avoir des relations sexuelles devant elle auparavant. Sa cousine et colocataire Hester ne risquait pas de ramener un mec dans leur dortoir pour le baiser, pendant que Rae ferait semblant de dormir dans l'autre lit jumeau.

Les cheveux blonds de la femme lui tombaient sur les épaules et, quand elle pencha la tête contre le cou de l'homme, ses cheveux se collèrent sur sa veste noire. Son corps se tordit contre celui du type et Rae serra les cuisses, excitée. L'homme rejeta la tête en arrière et son corps se raidit.

La main du blond canon appuya sur le dos de Rae et la serra contre lui, enfonçant son bassin contre le sien. Elle le laissa faire.

Elle *le laissa* faire. Elle laissait *encore* les choses se produire. Comme le fait d'avoir échoué dans sa matière principale et de se retrouver en échec scolaire. Elle dérivait au lieu de prendre des décisions.

Être séduite, c'était *laisser* les choses lui arriver, pas *faire* les choses.

Le blond canon hocha la tête en direction du couple qui était appuyé contre le mur. Il murmura :

— Tu ferais ça, toi ?

Rae allait retourner à Pirtleville, étouffée par la poussière, dans trois semaines et demie.

Trois putain de semaines et demie.

Baiser le blond canon contre un mur, ça, ce serait *faire* quelque chose.

— Oui, dit-elle, mais pas ici. Elle avait vu des couples se faufiler par une porte puis ressortir plus tard, décoiffés, mais elle n'avait pas vraiment fait le lien. Là-bas, indiqua-t-elle de la tête.

Le blond canon sourit à nouveau et cette fois, ses dents faisaient plus dents de loup que dents de blond.

— Tu voudrais être conte le mur ?

— Non ! Rae secoua la tête et regarda droit dans ses yeux bleu profond et affamés. C'est toi qui seras contre le mur.

Il sourit plus largement.

—Je vous en prie, après vous, Madame.

Elle lui prit la main et le fit passer par une porte au fond de la salle dans une pièce sombre. La pièce était un peu éclairée par la lumière d'une salle de bains, suffisamment pour qu'elle sache qu'ils étaient seuls et qu'un lit en désordre et des tables de nuit se dressaient contre le mur du fond. Elle ne voulait pas du lit, en revanche. Elle voulait voir ce que ça faisait de baiser un homme debout.

Pendant une seconde, la terreur envahit Rae à l'idée que cet homme, dont elle ignorait le nom, l'avait manipulée pour qu'elle soit seule avec lui parce c'était était un tueur en série et qu'il allait la tuer dans cette pièce où personne ne pourrait l'entendre crier à cause de la musique, et ensuite, la police montée trouverait son cadavre dans le désert. Encore une crise de paranoïa inutile.

Non, elle n'avait pas peur. Elle allait se faire ce gars.

Tandis que le blond canon franchissait la porte derrière elle, elle l'attrapa, claqua la porte et le poussa contre le mur. Elle l'embrassa fougueusement. Ses lèvres étaient douces et lisses, et elle aimait la façon dont il lui rendit son baiser. Sa bouche avait le goût du whisky, il aimait aussi les alcools forts apparemment. Elle tâtonna le devant de son pantalon, en essayant de déterminer s'il se fermait par des boutons ou une fermeture Eclair et finalement il repoussa ses mains pour le faire lui-même, alors elle commença à lui retirer sa chemise à la place.

Sous sa paume, à l'intérieur de sa chemise, sa

poitrine et son ventre étaient soyeux, pas velus comme un vieux, ni rasés, comme un étudiant imbu de lui-même. Elle supposa qu'il avait probablement dans les vingt-cinq, trente ans, à cause de sa mâchoire carrée et de sa musculature. Des muscles puissants saillaient sous sa peau. Elle attrapa ses mamelons plats et les frotta du bout des doigts.

Il plongea les mains dans son décolleté et souleva ses seins pour les faire sortir. Il baissa la tête et prit un mamelon dans sa bouche brûlante, puis l'autre. Le plaisir réveilla le corps de Rae et elle laissa sa tête retomber en arrière et l'entendit lui dire :

— Qu'est-ce que tu es bien foutue.

Bien foutue ? Rae n'était pas une belle femme et elle le savait. Elle se sentait toujours grosse à côté des filles menues comme Lizzy, simplement parce qu'elle était grande et bien en chair, pourtant le blond canon avait dit qu'elle était bien foutue. Un instant, elle se sentit belle dans cette robe argentée qui lui serrait la taille et lui remontait les seins. Il semblait la trouver à son goût en tout cas. Elle ne savait toujours pas son nom.

— Comment tu t'appelles ?

Il lapa son sein et en suça le bout.

Son mamelon durcit dans sa bouche et à chaque fois qu'il passait la langue dessus il se fronçait davantage. Elle baissa les yeux pour regarder sa bouche sur son sein. Elle passa les doigts dans ses cheveux blonds et soyeux.

— Sérieux, comment tu t'appelles, redemanda-t-elle.

Il se redressa et la regarda. Le désir embrumait ses yeux et son souffle était irrégulier.

— Wulf.[2]

Il devait la taquiner cause de son bon mot sur les vampires et les loups garous.

— Non, tu rigoles.

— Si, c'est Wulf. Ça s'écrit avec un «u».

Il lui prit la taille à deux mains, puis se pencha à nouveau contre sa poitrine. Il était plus brutal maintenant, la mordant presque en prenant son sein à pleine bouche.

— Wulf comment ? insista-t-elle.

Il laissa sa poitrine et releva la tête. Son regard bleu et sérieux était plongé dans le sien, même si son souffle était toujours haletant.

— Wulf, c'est tout.

Elle posa ses mains sur le mur des deux côtés de sa tête, un geste agressif, même si elle faisait dix centimètres de moins que lui. Certains n'auraient pas aimé ça, mais Wulf ne broncha pas.

— Je vais te baiser contre ce mur, dit-elle en tapotant le plâtre, donc je veux savoir ton nom.

Il avait l'air pensif, pas effrayé, pas évasif, mais plutôt comme s'il hésitait sur la façon de réagir.

— Je m'appelle Wulfram Augustus Heinrich Ernst Georg Berthold Friedrich. Il fit une pause. Rae trouva que son léger accent était renforcé. Wilhelm Louis Ferdinand Prinz von Hannover.

Rae cligna des yeux, digérant mentalement toute cette tirade de nom.

— Eh ben, je ne risque pas de crier tout ça quand je te baiserai.

Il sourit à sa réplique pleine d'esprit et l'attira contre son corps dur.

— Peut-être que je peux t'en faire crier une partie ?

— Allez, fonce.

Il attrapa le bout de son sein avec sa bouche

comme s'il avait quelque chose à prouver. Elle glissa sa main dans sa nuque et maintint sa bouche contre sa poitrine, savourant sa langue et ses dents sur sa peau. Elle soupira alors que des sensations délicieuses envahissaient son corps, la faim, le désir et l'envie de lui. Elle voulait l'attraper et s'enrouler autour de lui jusqu'à ce qu'il se fonde en elle.

Peut-être que le whisky et le fait d'avoir dansé comme une folle avaient fait oublier toute peur à Rae, peut-être était-ce d'avoir regardé ce couple baiser contre le mur à deux pas, ou peut-être était-elle consciente que cela pourrait être la dernière folle soirée de sa vie, mais en tout cas Rae comptait bien baiser cet homme jusqu'à ce qu'il crie son nom.

Il la suça plus fort jusqu'à ce que ça lui fasse presque mal, mais le corps de Rae réclamait davantage et quelque chose de plus fort encore. Elle jubila quand ses mains firent remonter sa robe sur ses cuisses nues.

Elle ne pensait pas que le tissu de la robe puisse s'étirer autant, mais d'un seul geste souple la matière argentée se rassembla en plis sur ses hanches. Les doigts du blond lui agrippèrent les cuisses, pour attirer son corps à lui. Son érection s'enfonçait dans son ventre par-dessus ses sous-vêtements.

Elle le repoussa contre le mur, tira sur ses cheveux blonds pour lui relever la tête et l'embrassa à nouveau. Elle écarta les lèvres et elle sentit qu'il ouvrait aussi la bouche. Elle força sa langue dans sa bouche et il ouvrit plus grand, faisant glisser leurs langues l'une contre l'autre. Elle le repoussa contre le mur avec son corps, appuyant ses seins et son ventre contre son torse et sa bite.

Ses mains glissèrent sous sa culotte dans son dos et il attrapa son cul nu, en pressant ses fesses et en la soulevant. Ses mains la tripotaient partout, saisissant sa chair comme s'il ne pouvait pas en avoir assez. Il l'écrasa contre lui, la langue au fond de sa bouche, mais Rae le plaqua plus fort contre le mur.

Sa main se glissa entre leurs corps, cherchant la culotte de Rae.

Elle ouvrit ses jambes et Wulf glissa une main sous sa cuisse et lui souleva la jambe pour la poser sur sa hanche. Elle la cala contre le mur à côté de lui.

Ses doigts glissèrent de nouveau le long de sa cuisse vers sa culotte et elle attendit, essoufflée, jusqu'à ce qu'il la touche par-dessus le tissu et commence à la caresser. Son sexe se mit à frissonner sous son contact. Son souffle chaud et irrégulier lui brûlait le cou et ses halètements essoufflés couvraient presque le martellement des basses provenant de la piste de danse de l'autre côté du mur.

Elle lui agrippa le cou et mordit ses épaules quand ses doigts glissèrent dans sa culotte et commencèrent à lui caresser la fente. Il glissa sur son clitoris, puis introduisit un doigt en elle. Elle était humide, trempée même. Rae gémit quand il commença à la caresser plus fort.

Elle le voulait en elle tout de suite et elle repoussa la main de Wulf, saisit son sous-vêtement sous le pan de sa chemise, parce qu'il n'avait même pas déboutonné celle-ci, et le fit glisser vers le bas. Il attrapa de nouveau son cul, tira sur sa culotte, tendit la main pour récupérer quelque chose dans la poche de son pantalon, déchira le sachet et enfila rapidement le préservatif. Il souleva sa cuisse assez haut sur le côté tout en se fourrant en elle.

La tête de Wulf retomba contre le mur alors qu'il

arquait le dos, gémissant et s'enfonçant plus profond en elle.

Elle glissa sur lui, l'emmenant au fond d'elle, en se frottant contre sa bite à chaque poussée. Rae haletait et se tenait à ses épaules, ressentant déjà des étincelles à l'intérieur.

— Dis-le, gronda-t-il. Wulfram Augustus…

— Non, dit Rae. Toi, dis mon nom. Elle glissa de bas en haut le long de sa poitrine et l'emmena encore plus profondément à l'intérieur, haletant alors qu'il enfonçait tout son sexe au fond d'elle. Dis-le. Reagan Rose Stone.

Il donna des ruades sous elle, la baisant plus fort.

— Reagan…

— Oui !

Elle glissa le long de sa queue puis le pompa plus fort en se soulevant. La pièce sombre bourdonnait autour d'eux et Rae frotta ses mains contre sa chemise, le griffant presque. Il se cambra entre ses mains.

Elle dit à nouveau :

— Dis-le. Reagan Rose.

— Reagan Rose…

Sa tête était rejetée contre le mur derrière lui et il plissait les yeux en les fermant. Son souffle s'accélérait alors qu'il la pilonnait.

Rae lui mordit le cou, assez fort pour lui faire mal et laisser une marque de dents sur sa peau. Il hoqueta.

Ses mains agrippèrent ses fesses, la soulevant et enfonçant ses doigts dans sa chair. Rae ondulait du bassin et le travaillait au corps. Il était enfoncé si profondément en elle que la base de sa queue battait contre son clitoris à chaque fois, et la tension intense se renforçait alors qu'elle le baisait plus fort et plus vite, le plaquant en arrière contre le mur. Elle appuya le front contre le mur à côté de lui et elle souffla les dents serrées :

— Stone. Reagan Rose Stone.

— Oui. Sa voix était enrouée. Oh, oui, Reagan Rose *Stone*. Reagan Rose *Stone* !

Wulf la cogna durement contre sa bite, cette tension douloureuse qui se resserrait dans sa chatte explosa, et une vague brûlante parcourut sa colonne vertébrale, l'obligeant à se pencher en arrière.

— Ouiii !

Son corps ondulait sous elle, frottant son clitoris encore et encore, et elle l'entendit gémir pendant que son propre orgasme tournoyait en elle. Rae poussa un cri et Wulf glissa un doigt pour masser le bouton gonflé de son clitoris, l'envoyant à nouveau par-dessus bord.

— Oh, mon Dieu !

Sa chatte se contracta autour de sa bite encore dure et de chaudes pulsations parcoururent tout son corps.

Wulf serra Rae dans ses bras tandis que les frissons de son orgasme la parcouraient encore et toujours, il glissa le long du mur et ils s'assirent à même le sol. Ses jambes se replièrent sous elle et elle s'appuya sur son torse musclé.

— Tu es magnifique, murmura Wulf.

Les contrecoups de l'orgasme secouèrent le corps de Rae, et la bite épaisse de Wulf, toujours au fond d'elle semblait énorme, comme s'il baisait son corps en entier. Elle posa sa tête sur son épaule, et se laissa porter par ses bras puissants.

Si c'était sa dernière nuit de folie, elle s'en souviendrait toute sa vie. La nuit où elle avait été magnifique et où elle avait baisé ce bel inconnu contre un mur.

Penser à la façon dont elle l'avait repoussé contre le mur et baisé, la titilla, et une autre vague de plaisir fit contracter sa chatte autour de sa queue.

Il passa ses mains sur ses cuisses nues d'un air pensif. L'air refroidit son cul nu.

— Reagan. Quel nom ! Tu es parfaite.

Rae ressentit le besoin de s'expliquer, même si elle pouvait à peine reprendre son souffle.

— Mes parents sont conservateurs.

— Et pourtant, toi, magnifique et forte créature, tu es plutôt sexy ! La folie brillait dans ses yeux bleus. Cela fait bien des années qu'aucune femme ne m'a dominé.

Elle ne savait pas trop ce que ça voulait dire dominer. Ils n'avaient pas vraiment choisi la position où la fille est au-dessus. Elle l'avait déjà fait une fois. Là, elle avait juste voulu baiser Wulf au lieu de se laisser baiser.

— Ah ?

— J'ai un emploi à te proposer.

Une offre d'emploi faite par un homme dont la bite palpitait encore en elle semblait une idée complètement folle.

— Je ne t'ai pas baisé pour trouver un travail, et je ne sais même pas ce que tu fais. Je suis étudiante, c'est tout.

— Oui. Tu te spécialises en théâtre et en psychologie, ta bourse va être supprimée à cause d'un professeur injuste et tu as besoin d'argent pour rester à l'université.

Rae se rassit et sa chatte se contracta si fort qu'elle pressa la bite ramollie de Wulf et l'expulsa d'un coup. Il attrapa le préservatif à la base. Elle lutta avec sa robe, pour essayer de la rabaisser.

— Je ne t'ai rien dit de tout ça.

— Non. Mais Lizbeth et Georgie, oui. Il sourit et Rae retrouva quelque chose de prédateur dans son sourire, ce qui la surprit. Il enleva le préservatif et le noua. Elles m'ont appelé cet après-midi pour demander s'il y avait du travail pour leur amie. Je n'ai pas besoin d'une autre pro de la pipe. Mais toi, en revanche, il passa un doigt sous la mâchoire de Rae, la surprenant par ce geste intime, ma superbe lionne auburn, ce serait du gâchis de ne te faire faire que des pipes.

Toutes les prédications bibliques s'accumulèrent dans la tête de Rae, même si elle n'avait jamais cru à aucun de ces dogmes depuis sa bagarre avec son prédicateur quand elle avait seize ans. Elle tira sa robe sur sa chatte humide et douloureuse.

— Je ne suis *pas* une *pute*.

— Bien sûr que non, et en passant, tu ne devrais pas utiliser le terme « pute » devant Lizbeth et Georgie. Ce sont des consultantes en style de vie comme l'indique leurs cartes de visite et leurs documents administratifs. En privé, Lizbeth préfère «courtisane», tandis que Georgie aime se considérer comme une geisha. Toutes les deux sont très demandées et elles ont un excellent portefeuille client.

— C'est ça leur travail à deux mille dollars par semaine ? La prostitution ?

— Consultante en style de vie. Certaines de mes filles préfèrent «travailleuse sociale». Tu peux choisir le titre de ton choix sur tes cartes de visites et tes papiers. Bien entendu, tu ne serais pas dans le même département que Georgie et Lizbeth. Elles s'occupent du tout-venant, pour ainsi dire. Je ne voudrais pas gaspiller tes talents spéciaux sur leur clientèle lambda.

Ce n'est pas parce qu'elle avait baisé ce mec et

qu'elle s'était comportée comme une salope une fois - une fois ! qu'elle allait devenir une prostituée. Jamais ! Elle eut du mal à se lever et à baisser sa robe sur ses cuisses. Sa culotte avait été perdue quelque part dans la pièce obscure.

— J'arrive pas à croire ce que tu dis !

Wulf trouva un mouchoir en papier dans sa poche arrière et nettoya ses cuisses avant de ranger sa chemise dans son pantalon.

— Certaines personnes ont du mal à accepter l'idée de se faire payer pour des services sexuels, mais la plupart des gens le font gratuitement, après-tout. Pour être clair, tu n'auras ni rapports sexuels, ni fellations avec les clients.

Reagan était un peu perdue et elle s'en voulait d'avoir baisé cet homme. Elle se dirigea vers la porte, prête à sortir en trombe tout en se traitant mentalement d'idiote de classe internationale.

— Une prostituée qui n'a pas de rapports sexuels avec des hommes. C'est *ridicule*.

Wulf jeta le mouchoir et le préservatif dans une corbeille à papier près de la porte de la salle de bain.

— Tu es une dominatrice née. Les clients, pour la plupart des hommes, viendront te retrouver dans mon établissement très privé, et tu les fouetteras, tu abuseras d'eux et tu leurs trouveras toutes sortes de torts, puis tu les laisseras là. Penses-y comme une scène d'improvisation dans un théâtre.

Bon Dieu, un établissement ? Un théâtre ? Il dirigeait un authentique bordel ?

Pourquoi un homme voudrait-il diriger un bordel ?

— Si les clients sont très soumis et dociles lorsqu'ils reçoivent leur punition, qu'il s'agisse d'une fessée, de coups de fouet ou de pincements ou de quarante minutes d'anticipation épouvantable avant un passage à tabac brutal mais bref, tu pourras leur donner la permission de se branler après avoir quitté la pièce.

Rae voulait foutre un coup de pied au cul à Wulf, rien que pour avoir pensé qu'elle ferait une chose pareille, mais elle ne pouvait pas le faire parce qu'elle portait cet espèce d'engin bizarre et inconfortable en guise de robe.

— Jamais.

Wulf haussa les épaules.

— Je pense qu'avec ton expérience en théâtre et en psychologie et ta performance nue dans la comédie musicale de la fac l'année dernière, tu pourrais au moins envisager ce travail pour rester à l'université.

Elle attrapa la poignée de porte dans l'intention de sortir. Sa version aseptisée et repoussante de la prostitution, qu'il appelait « conseil en style de vie », n'était qu'un autre moyen impie de justifier le péché.

Rae s'arrêta, réalisant ce qui venait juste de sutgir dans sa tête.

Elle serra la poignée de porte, toujours en colère, mais aussi fâchée contre elle-même, parce qu'elle était toujours sous l'emprise de cette secte que ses parents appelaient une église. Cependant Wulf n'était pas tiré d'affaire pour autant. Elle ne devait pas prendre cette décision tout de suite. Elle était un peu ivre, droguée de sexe et un peu perdue au sujet de ce que tout cela voulait dire pour elle.

— Je ne m'attendais tout simplement pas à cela, pas du tout. Je ne savais même pas que tu connaissais Lizzy et Georgie.

Wulf cligna des yeux.

— Ce n'était pas une audition ? Il semblait étonné. Je pensais que tu jouais la comédie, pour avoir le job.

Que ce soit réel, que tu en aies eu vraiment l'intention est encore plus séduisant.

Rae couvrit ses yeux avec sa main et s'appuya contre le dos froid de la porte.

— Non, ce n'était pas une audition. Je pensais que Lizzy et Georgie vendaient de la drogue et je n'avais pas l'intention d'être impliquée dans ce genre de truc. Elles n'ont jamais parlé d'un homme nommé Wulf, mais simplement d'un certain Dom.

Elle fut attrapée, retournée et son dos fut plaqué contre le mur. Wulf était juste devant elle, son visage à dix centimètres du sien, et elle pouvait sentir le whisky et la menthe dans son haleine. Il l'embrassa durement, l'écrasant contre le mur avec son corps, et remonta à nouveau sa robe argentée sur ses cuisses. Elle n'avait pas retrouvé sa culotte et il lui frotta la chatte nue et encore humide avec un long doigt, glissant dans la peau douce de ses plis. Elle le repoussa mais son doigt se colla de nouveau sur son clitoris et elle se figea, haletante. Il commença à la caresser doucement mais fermement, envoyant ondes de plaisir après ondes de plaisir dans son bas-ventre, pas comme un orgasme vif et soudain, mais par longues vagues, comme une réactivation de l'orgasme précédent.

Rae cessa d'essayer de le repousser et s'accrocha à ses épaules. Wulf savait mieux qu'elle-même comment agir sur son corps, une pensée qui l'effrayait et l'excitait à la fois. Elle avait couché avec quelques gars pendant ses années à l'université, mais elle n'avait jamais envisagé que son imagination puisse avoir des limites.

Wulf continua de lui frotter le sexe, son doigt glissant sur son clitoris et ses lèvres humides, et sa main l'entraîna sur les vagues du plaisir jusqu'à ce qu'elle soit étourdie et ne puisse même plus voir la pièce obscure qui les entourait.

Il lui murmura à l'oreille :

— Elles ne connaissent pas mon nom.

— Qui ? souffla-t-elle dans son cou. Chaque fois que sa main appuyait contre son clitoris, le plaisir grandissait dans son corps et elle ne se souvenait plus de quoi ils parlaient.

— Lizbeth et Georgie, dit-il. Je ne leur ai jamais dit mon nom.

— Comment… Rae haleta et s'accrocha à son épaule… comment ça se fait… et une autre vague la souleva et elle tomba… haaa… qu'elles ne connaissent pas ton nom ? Elle voulait qu'il ne s'arrête jamais de la caresser comme ça.

— Elles ne m'appellent que « Le Dom », « Maître » ou « Monsieur ». Comme je l'ai dit, aucune femme ne m'a dominé depuis longtemps. Sa main ralentit, appuya plus fort sur le renflement mouillé, et les pulsations qui traversaient le corps de Rae s'accentuèrent.

Rae se noyait dans les vagues de plaisir, et pourtant elle comprit qui était cet homme qui pouvait la faire jouir aussi longtemps, aussi fort et la laisser pleine de désir et d'envie d'en avoir encore plus.

— C'est toi *Dom* !

C'était l'homme qui avait baisé Lizzy jusqu'à ce qu'elle tombe amoureuse de lui, même si Georgie avait essayé de la dissuader d'être amoureuse de ce genre d'homme, le genre qui aimait les femmes, qui était avide d'elles.

Cet homme était le psychopathe qui n'était rien d'autre qu'une coquille lisse.

Wulf dit :

— Il faut que je t'aie. Tu es la dominatrice parfaite : si grande, si pulpeuse par rapport aux normes américaines, avec ces magnifiques boucles où je pourrais plonger les doigts toute la nuit.

De son autre main, il attrapa une poignée de ses cheveux, sans les tirer mais pour les ramasser, comme des rubans de soie. Il lui caressa plus fort le clitoris et les vagues s'élevèrent de la chatte de Rae jusqu'à son cerveau et elle gémit longuement.

— Dis-moi que tu vas réfléchir.

Wulf écarta ses cheveux et quelque chose de pointu se planta entre ses seins.

Le doigt qui caressait sa chatte appuya sur le bouton tendu et dur au milieu de sa chair douce et humide et il fit des cercles, envoyant le plaisir une dernière fois à travers tout son corps. Elle cria alors que la vague parcourait sa colonne vertébrale jusqu'au sommet de sa tête, la rendant sourde et aveugle.

Ses lèvres effleurèrent son oreille alors qu'il murmurait :

— Dis que tu viendras me parler.

Des frissons secouèrent son corps et sa tête.

— Oui, je vais… et elle haleta encore, le faire… Wulf.

— Bien, dit-il, mais ça sonnait plus comme un « pien ». Demain, à deux heures.

Il recula et la robe de Rae retomba sur ses cuisses. Elle se laissa tomber au sol, incapable de rester debout ou de reprendre son souffle. La porte se ferma doucement.

La pièce obscure se matérialisa autour d'elle alors que ses yeux refaisaient le point.

Rae s'appuya contre le mur, écoutant la musique

résonner à travers la cloison. Ses jambes tremblèrent et sa chatte frissonna.

Elle baissa les yeux. Une carte de visite était enfoncée entre ses seins.

La carte était faite de papier toilé lisse et blanc. Les seuls mots sur cette carte étaient une adresse que Rae reconnut comme la route principale, de l'autre côté de la rivière, près de la fac.

Il y a quelques années, il y avait un bar à étage et en sous-sol appelé Club Tropicana à cette adresse. L'immense bâtiment ressemblait à une maison de planteur blanc des Caraïbes et les palmiers bordaient la longue allée. Le Club Tropicana avait fermé ses portes lors de la dernière crise immobilière, puis le bâtiment était resté vide, en attendant quelqu'un disposant de suffisamment de fonds et qui appréciait encore l'immobilier dans le désert pour réaménager le monstre.

Rae avait entendu dire que quelqu'un l'avait acheté, mais elle n'avait pas entendu parler de sa réouverture.

Mais maintenant, elle connaissait le nouveau nom du club, car il était écrit sur la carte :

La Maison du Diable.

A LA MAISON DU DIABLE

ENTRETIEN AVEC LE DOM

Reagan Rose Stone écrivit son nom complet en haut du formulaire d'embauche de la maison de passe, puis elle feuilleta le reste. Le formulaire de candidature de La Maison du Diable faisait trente pages et posait beaucoup de questions pour lesquelles elle n'avait pas de réponse.

Elle leva les yeux du formulaire et posa ses mains sur le bureau en verre froid. La pièce s'étendait jusqu'au bout de la pièce, presque aussi grand qu'une table de conférence. Elle étira ses jambes et put voir ses pieds s'agiter à travers la vitre. Elle portait les mêmes escarpins noirs que la nuit précédente parce qu'ils étaient assortis à son tailleur noir et que c'étaient ses seules belles chaussures.

Son sac à main était posé sur le bureau à côté de sa feuille. À l'intérieur se trouvait une boîte contenant des boucles d'oreilles scintillantes qui lui avaient été livrées ce matin-là et qu'elle avait l'intention de rendre à la première occasion, même si elles étaient jolies.

Une longue baie vitrée donnait sur un jardin. Les

asperseurs arrosaient la pelouse et les haies en formant des arcs. Rae observait leur ballet, en pleine procrastination. La lumière du soleil scintillait sur les gouttelettes et se séparait en arcs-en-ciel. Des haies en forme de labyrinthe serpentaient autour de bancs aux formes étranges.

La réceptionniste avait installé Rae dans ce bureau pour qu'elle n'ait pas à poser le bloc-notes sur ses genoux pendant qu'elle remplissait le lourd formulaire. La jeune femme portait un haut moulant à paillettes argent et une jupe courte qui recouvrait à peine ses fesses. Ses lentilles de contact vert émeraude contrastaient tant avec sa peau noire qu'elle avait l'air d'une extra-terrestre. Ses cheveux laissés naturels formaient un halo diffus autour de son visage mince.

Rae écrivit 95D sur le formulaire.

Dans la pièce, elle ne trouva aucune information lui permettant de déterminer s'il s'agissait du bureau de quelqu'un ou d'un espace prévu pour les visiteurs. Le bureau élégant et ses deux sièges carrés étaient posés contre le mur de la longue pièce. La bibliothèque était remplie de livres reliés en cuir, alignés comme des soldats. Rae soupçonnait qu'ils étaient factices, comme un accessoire de scène d'un seul tenant.

Elle écrivit : Etudiante de premier cycle : Matière principale : Psychologie. Matière secondaire : Théâtre.

Le seul objet sur les étagères qui ne soit sans doute pas un faux livre était un petit blason encadré. Celui-ci était séparé en deux avec d'un côté un aigle et de l'autre une étoile à huit branches. Des enjolivures à la française entouraient le dessin.

Elle écrivit : 39.

Un parfum chaud de vanille ou de sucre brun arrivait parfois aux narines de Rae et cela lui rappelait vaguement une odeur qui lui plaisait, sans toutefois savoir exactement ce que c'était.

Rae écrivit sa réponse suivante sur le formulaire de demande : un mètre soixante-dix-huit.

Le formulaire était imprimé à l'encre en relief sur du papier épais, comme sur un faire-part de mariage. Rae passa la main sur les questions en se demandant à quoi servait une telle dépense. Peut-être que cela faisait partie de leur marketing.

Ses doigts tremblaient nerveusement. Cet emploi lui permettrait de payer ses frais de scolarité et ses frais d'hébergement, ce qui lui éviterait de retourner dans sa petite ville natale poussiéreuse où tante Tracy-Jo lui ferait remarquer qu'elle l'avait prévenue que l'université était une mauvaise idée et qu'elle savait bien qu'elle allait échouer de toute façon.

Fais comme si c'était une audition, se dit Rae. Juste une autre foutue audition pour le théâtre, même s'il y aurait peut-être un canapé pour le casting.

Ou d'autres meubles à caractère sexuel.

La pensée d'un canapé pour le casting et d'une nouvelle relation sexuelle avec Wulf, si peu de temps après la nuit dernière, lui donnait des frissons, bien que les meubles de bureau austères de cette pièce n'incluent pas de canapé, ni rien de particulièrement moelleux. Habituellement, elle n'était pas excitée comme ça. Au cours des quelques périodes où elle avait eu un petit copain elle appréciait le sexe pour finir une soirée, mais elle n'en n'avait jamais eu envie tous les jours, encore et encore.

L'année dernière, cependant, la soirée de casting pour Hair, avait dépassé toutes les bornes et elle s'était copieusement saoulée. Elle était restée dans le personnage, dans la tête d'un hippie adepte de l'amour libre pendant des semaines, et elle avait vécu le rôle à fond, cette nuit-là.

Après la fête, quand Rae avait titubé jusqu'à son dortoir à cinq heures du matin, sa colocataire et cousine Hester avait failli faire une crise cardiaque. Celle-ci lui avait fait un sermon en hurlant de manière désespérée et en priant Jésus à genoux pour son âme éternellement souillée, essayant hystériquement d'appeler sa mère et les parents de sa cousine pour qu'ils viennent la chercher le jour même afin de l'éloigner de toute cette débauche et de ce péché.

Rae avait finalement apaisé Hester avec des promesses de repentance.

Elle était retournée au cours d'art dramatique le lundi matin, honteuse, la tête baissée et rasant les murs, mais aucun de ses camarades n'en avait même parlé. Peut-être qu'ils avaient tous été en état avancé d'ébriété eux aussi et qu'ils ne se souvenaient plus de rien.

La veille au soir, quand Rae était rentrée à une heure du matin, Hester n'avait ni crié ni sangloté, mais son petit discours sur le fait de rester pure et sainte dans ce monde de matérialisme et de souffrance transpirait le mépris. Rae avait écouté en hochant la tête tandis que sa chatte palpitait encore, en s'imaginant baiser Wulf contre le mur et en pensant à son pouce qui lui avait frotté lentement le clitoris jusqu'à ce qu'elle jouisse encore une fois.

Elle ne pouvait penser à rien d'autre que baiser encore Wulf. Elle avait écrit chaque mot de ce long formulaire tout en ayant soif du contact de son corps.

Elle pencha la tête et continua de remplir le formulaire. Chaque coup de stylo semblait durer éternellement, en grattant le papier crémeux.

Elle frottait son cul sur le siège, là où ses mains l'avaient attrapée la nuit dernière pour l'empaler sur son sexe.

Comme Rae se spécialisait en psychologie, elle reconnut la partie centrale du questionnaire comme une version abrégée de l'IPMM, l'Inventaire de personnalité multiphasique du Minnesota, un examen psychologique courant, permettant de détecter la dépression, l'anxiété et la psychopathie.

Compte tenu des deux derniers jours de sa vie, elle était plutôt inquiète des résultats. Ils pourraient révéler qu'elle se transformait en nympho.

Le rapport médical nécessitait des tests si personnels et si complets que cela la gênait même de le lire. Elle n'avait pas l'intention de présenter ce formulaire au Centre de santé des étudiants de l'université, mais quelqu'un avait soigneusement inclus une liste de médecins locaux qui pouvaient le remplir et qui, supposait Rae, n'appelleraient ni les flics ni le service de santé.

Elle écrivit soigneusement ses réponses avec une écriture fine et soignée. Elle aurait aimé être vague ou cavalière sur certaines questions, telles que « Pourquoi voulez-vous intégrer La Maison du Diable ? »

Elle aurait pu écrire : *Parce qu'à la question qui concernait tous les pays visités, je ne pouvais en cocher aucun, et si j'avais plus d'argent, je voyagerais et j'irais voir à quoi ressemblent les autres pays.*

Elle aurait pu écrire : *Parce que quand ce formulaire m'a demandé de lister tous mes partenaires sexuels, je les ai tous écrits, et j'avais honte d'en avoir eu si peu et qu'ils ne couvrent même pas le quart de la page. Je me suis demandée si je n'en avais pas oublié.*

Elle aurait pu écrire : *Parce qu'à la question sur les expériences les plus excitantes de ma vie je n'avais rien à répondre.*

Mais elle se souvint de l'avertissement de Lizzy et de Georgie la veille, sur le fait d'être sincère, douloureusement sincère, comme si l'honnêteté faisait partie du test. Rae ravala sa fierté et écrivit, douloureusement et honnêtement : *Parce que j'ai besoin de l'argent pour l'université et que je n'ai pas d'autre moyen d'en obtenir.*

Hier à la soirée, Rae avait rencontré et collé Le Dom contre un mur dans une pièce au fond, sans savoir à l'avance qu'il était bien Le Dom de La Maison du Diable.

Après la fête, Georgie et Lizzy étaient saoules et elles gloussaient dans la limousine, au retour. Rae leur avait seulement dit que Le Dom lui avait donné rendez-vous pour une audition aujourd'hui. Elles s'étaient tapées dans les mains et avaient rigolé un peu plus, persuadées que c'était dans la poche pour elle.

Rae avait évité Lizzy et Georgie dans le dortoir ce matin-là en se sauvant tôt pour aller travailler dans un café. Elle ne leur avait pas dit qu'elle avait baisé leur Dom contre un mur la nuit d'avant ou qu'elle connaissait son prénom car, même si elles travaillaient pour lui depuis plus d'un an, aucune d'entre elles n'avait encore découvert son vrai nom.

Sur le questionnaire, une longue liste couvrait trois pages et portait sur les expériences sexuelles qu'elle avait vécues, des choses qu'elle avait faites et qu'elle ferait de nouveau, des choses qu'elle voulait essayer, des choses qu'elle n'avait pas essayées et qui pouvaient l'intéresser, des choses qu'elle avait essayées et n'avait pas aimées, et des choses qu'elle n'essaierait jamais. Rae cocha beaucoup de choses qu'elle n'avait jamais essayées et qu'elle n'essayerait jamais.

Certes, être une dominatrice plutôt que l'une des « artistes de la fellation » comme l'appelait Wulf, signifiait qu'elle pouvait avoir une opinion sur ce qu'elle ne ferait pas si elle ne le voulait pas.

Elle espérait avoir raison.

Rae hésita quelques minutes avant de cocher une case vers la fin.

Même la vérité avait des limites.

La porte s'ouvrit.

Rae leva les yeux, surprise, lorsque Wulf entra. Son costume bleu marine contrastait avec ses yeux bleus et les faisait paraître encore plus intenses.

Elle avait un peu imaginé que Le Dom de la Maison du Diable allait porter un gilet en cuir noir sur sa poitrine nue, cirée et huilée, mais le costume de Wulf mettait ses épaules musclées en valeur. Une cravate bleu-ciel était nouée sous le col blanc rigide de sa chemise. Ses cheveux blond doré étaient coupés comme s'il était dans l'armée de l'air mais quand même pas aussi court que les Marines, et il était aussi bien rasé qu'un agent du FBI. Ses pommettes saillantes et sa mâchoire carrée lui donnaient l'air de sortir tout droit des pages d'un magazine de mode.

Son sourire surpris lui fit chaud au cœur. La lumière du soleil provenant de la baie vitrée brillait sur ses cheveux blonds.

— Bonjour, dit-il.

— Euh, salut.

Elle vérifia les dernières questions de la dernière page du formulaire et referma le dossier.

Wulf dit :

— Glenda a dit que tu étais ici. Tu es un peu gonflée de prendre mon bureau et de t'asseoir derrière ma table pour ta paperasse.

Son sourire pincé semblait amusé.

—J'espère que ça ne te dérange pas.

Rae réussit à prendre un ton son assuré, comme le ferait une dominatrice. Elle avait lu quelques lignes de Lady Macbeth avant de s'y rendre pour tenter de trouver le personnage. Elle se leva, leva le menton et lui tendit le formulaire. « C'est bon, j'ai fini. »

— Excellent. Wulf lui prit le questionnaire et la détailla du haut en bas. Joli tailleur.

— Ce vieux truc ?

Son tailleur noir spécial entretiens vieux de deux ans et demi lui moulait les fesses et elle ne parvenait plus à boutonner la veste sur ses seins. Elle avait choisi un tee-shirt noir moulant à la place du chemisier blanc orné de dentelle au niveau du décolleté, car elle avait pris deux tailles de bonnet depuis la dernière fois qu'elle avait porté ce tailleur pour son entretien d'obtention de bourse au lycée. Un seul semestre à la cafétéria du campus avait suffi pour que la plupart de ses vêtements de lycéenne explosent au niveau des seins.

— C'est parfait, dit Wulf. Tu fais plutôt dominatrice.

Rae sourit et se dit qu'elle aurait bien aimé avoir choisi exprès le tailleur trop moulant, pour cet entretien d'embauche si important, alors qu'elle portait son unique tailleur. Elle avait lissé ses cheveux et les avait noués en un chignon serré à la base du cou.

—J'ai fait de mon mieux. Elle chercha la boîte des boucles d'oreilles dans son sac à main et la lui tendit. Mais même si j'apprécie le geste, je ne peux pas accepter ça.

Wulf jeta un coup d'œil à la boîte, puis à Rae.

— C'est en gage de bienvenue.

— Elles sont énormes et je ne peux pas les accepter. Elle posa la boîte sur le bureau pour souligner son propos. Elle jura qu'elle pouvait entendre tinter les diamants de la taille d'un caillou à l'intérieur.

Il prit une voix douce.

— Je ne voulais pas t'offenser.

— Oh mais je n'en doute pas. C'était gentil comme geste, mais c'est trop.

— C'est regrettable. Je pourrais peut-être les remplacer par quelque chose de plus à ton goût.

— Les roses étaient jolies. Deux douzaines, c'est beaucoup de roses, mais c'était gentil de ta part. De toute façon, je ne suis pas une fille à bijoux. Je ne vais jamais dans des endroits où j'aurais besoin de boucles d'oreilles comme celles-là.

— C'est regrettable, dit-il encore. Wulf parcourut son questionnaire, ne s'arrêtant qu'à la fin, sur les listes. Il regarda avec attention la partie sur les fétichismes et les bizarreries et le visage de Rae s'empourpra quand il fronça les sourcils. Tu n'as eu aucune expérience avec l'un ou l'autre ?

— Non. C'est un problème ?

Rae était satisfaite d'avoir répondu de manière effrontée.

— Il y a toujours la formation sur le tas, et peut-être que tu apprendras vite. Il rassembla les pages. Je t'encourage à venir au club le samedi soir et à regarder certaines scènes qui s'y déroulent et, une fois que tu auras obtenu ton certificat médical, à toi de jouer.

Rae hocha la tête et essaya de ne pas avoir l'air terrifiée. Si les gens accomplissaient seulement la moitié des actes décrits dans ce questionnaire, elle risquerait de rester bouche bée comme une écolière et de s'enfuir.

S'enfuir devant des gens qui accomplissaient des

actes consentis était simplement ridicule, se réprimanda Rae mentalement. Elle ne s'enfuirait nulle part. Ça se passerait bien. Tout irait bien. Elle hocha la tête comme pour se persuader.

— Peut-être pas ce soir, par contre, dit-il. Tu dois apprendre deux ou trois choses, d'abord.

— Oh, très bien, dit-elle, contente d'avoir un sursis.

— Oui, c'est bien, dit Wulf.

De nouveau, comme hier soir, Rae pensait avoir entendu « pien ». Son accent la préoccupait.

— Tu es allemand, peut-être ?

— Non.

Wulf l'étudia avec ses yeux bleus perçant. Sa pause et son silence étaient assourdissants.

— Mais tu viens d'ailleurs, non ? Ton accent sonne britannique la plupart du temps, mais il y a aussi autre chose. Je veux dire, tu n'as pas été élevé ici, hein ?

Rae babillait. Lizzy et Georgie ne savaient rien d'important sur lui, avaient-elles dit. Elles ne connaissaient même pas son prénom, sans parler de ce nom à rallonge qu'il avait récité quand Rae l'avait plaqué contre le mur lors de la soirée d'hier.

Wulf se lécha les lèvres avec un petit mouvement de langue et mordit sa lèvre inférieure. Il semblait chercher quelque chose au fond de ses yeux. Finalement, il relâcha ses lèvres et dit :

— Je suis suisse, comme vous nous appelez, vous, les américains. Nous, on dit plutôt helvètes.

— Ah, Suisse. Elle était fière de lui avoir soutiré une information et honteuse de lui avoir arraché quelque chose, alors qu'il était visiblement réticent à parler de lui-même et elle craignait maintenant de devoir cacher un autre secret à Lizzy et Georgie parce qu'elle n'était pas une moucharde. « C'est cool. »

Il fronça un de ses sourcils pâles.

— Est-ce que j'ai un accent ?

Georgie et Lizzy avaient elles aussi remarqué son accent.

— Britannique, comme je l'ai dit, la plupart du temps, mais il y a parfois aussi autre chose. Juste un peu. Pas grand-chose.

— C'est terriblement gênant. Bref, passons à l'entretien.

Wulf lui fit signe de quitter son bureau et de s'asseoir sur la chaise, à sa place de candidate.

Rae contourna les angles vifs du bureau jusqu'à la chaise. Elle espérait avoir l'air sensuel quand elle s'assit en croisant ses longues jambes. Elle ne dépassait pas de la chaise, remarqua-t-elle, ce qui était inhabituel. Beaucoup de meubles de bureau étaient petits et son grand corps débordait parfois des meubles minuscules. La chaise sous ses fesses était solide et confortable.

Wulf s'installa au bureau et posa son formulaire entre eux.

— Soyons francs. Je veux que tu travailles ici. Nous devons attendre le rapport médical, mais je n'ai rien vu ici qui puisse t'empêcher de travailler avec nous.

— Génial.

— Et au moins tu as eu une expérience de dominatrice.

C'est là où elle avait exagéré son expérience, comme le font de nombreux acteurs lors de l'audition pour un rôle. On peut toujours trouver quelqu'un pour vous apprendre à faire quoi que ce soit de façon décente dans les deux semaines qui suivent l'audition et qui précèdent le tournage, alors si on vous demande si vous savez faire ça ou ça, *bien sûr que oui*, vous dites. Si un metteur en scène vous demande si vous savez monter à cheval, ou parler avec l'accent indien ou jouer de la trompette, *bien sûr que vous savez !*

— Ben oui, bien sûr.

— Bien, « pien ». Était-ce dans un lieu privé ou un club ?

Il doit connaître tous les membres des clubs aux alentours.

— Privé, dit Rae précipitamment. Une rencontre de passage.

— Et ça t'a plu ?

Elle se souvenait de la nuit précédente, quand elle avait plaqué Wulf contre le mur et qu'il avait fait ce qu'elle voulait. Son corps s'échauffa et son entrejambe fourmilla.

— Oui, j'ai bien aimé.

Wulf évalua son visage, regardant ses yeux et ses lèvres.

— D'accord. Maintenant, il jeta un coup d'œil à ses papiers, tu dis que tu n'as eu que des partenaires masculins et que tu n'es ouverte à aucune activité sexuelle avec des femmes.

— Non, ça ne m'intéresse pas.

La honte et la peur s'agitaient dans un coin de sa tête.

— Pourtant, hier soir, Lizbeth a dit que tu avais presque arraché ta robe à ses côtés, à l'arrière de la voiture de location, et je t'ai regardé danser avec deux de mes meilleures filles. J'aurais pensé que tu aimais aussi les femmes.

— Non, dit Rae, prise de court. Je passais juste un bon moment avec mes amies.

— Mmh, mmh. Juste un bon moment, alors.

Ferais-tu une scène avec une cliente pour les besoins de l'emploi ?

— Je ne sais pas. Elle avait supposé que ses clients seraient tous des hommes. Elle n'avait pas envisagé qu'une femme ait envie de se faire battre. Je suppose que j'aurais du mal à faire ce genre de chose à une femme parce que, eh bien, elle avait du mal à l'exprimer, gifler un homme ne serait qu'un jeu. C'est presque comme si l'action elle-même était une blague. Avec les femmes, il y a beaucoup de cas d'abus et ce n'est ni sexuel ni amusant. C'est de la violence.

— Ah, c'est louable de ta part de penser de telles choses. Cependant, beaucoup de femmes viennent chez nous pour des scènes de soumission parce que, historiquement, la culture patriarcale leur refuse des expériences sexuelles authentiques. En se soumettant, elles sont obligées d'accepter le plaisir, même un plaisir qui leur causerait honte ou culpabilité. Certaines d'entre elles préfèrent une femme dominatrice pour diverses raisons, soit parce qu'elles sont, comme certains disent, bi par curiosité, ou qu'elles ont l'impression de ne pas tromper leurs partenaires si aucun homme n'est impliqué, ou bien parce qu'être dominée par un homme est, encore une fois, une extension du patriarcat répressif.

Rae cligna des yeux. D'accord, il avait évidemment préparé tout ça, peut-être une ou deux fois, afin de composer ce petit paragraphe digne d'une thèse.

L'idée d'être forcée d'accepter le plaisir et forcée d'avoir un orgasme rebondissait dans sa tête. Rae resta immobile et ne laissa rien paraître sur son visage. Après trois ans de cours de théâtre, elle était au moins capable de faire ça.

Être forcé semblait différent du viol. La soumission

semblait différente du viol. Le viol était un crime odieux et violent. Être forcé ou disposé à se soumettre avait l'air, d'une manière ou d'une autre, étrangement libérateur, comme si ça n'était la faute de personne.

Elle pourrait faire n'importe quoi si quelqu'un d'autre le lui faisait.

Peut-être certaines des choses sur cette liste.

Elle étendit les mains sur ses genoux, lissant sa jupe.

La nuit de la soirée Hair, elle avait mis son attitude sur le dos de l'alcool. Elle n'aurait jamais fait ces choses si elle avait été parfaitement sobre.

Elle était bourrée aussi à la soirée de La Maison du Diable. L'alcool l'avait libérée, pour oser faire ce qu'elle voulait.

La chatte de Rae fourmillait. Elle croisa les jambes sur son clitoris palpitant.

— C'est intéressant, dit-elle, se souvenant enfin de son commentaire sur le patriarcat qui l'avait conduite à ces réflexions.

— Alors, tu ferais des scènes avec des femmes, sachant qu'elles se dispensent de ressentir la honte et le remords que leur impose la culture dérivée du puritanisme ?

Wulf la regarda, en la jaugeant.

Rae se composa un visage en imaginant une peau de pierre. L'église de son enfance surgit dans ses pensées. Oui, la plupart des femmes qu'elle connaissait à Pirtleville, comme certainement sa cousine Hester, pensaient que le sexe à d'autres fins que le mariage et la procréation était certainement un péché. Sa tante Enid insistait sur le fait que les femmes ne ressentaient pas les « éternuements pelviens » dont les hommes parlaient.

Le sexe n'était pas un péché, cependant. Rae avait dépassé tout cela, d'abord dans ses cours de psychologie, puis en cours de théâtre. La soirée de casting de Hair lui avait permis de cocher trois cases sur le formulaire d'embauche de La Maison du Diable.

Elle devrait prendre le contrôle sur ces pensées stupides.

Elle *voulait* prendre le contrôle sur ces pensées stupides.

— Je pourrais faire des scènes avec des femmes, dit-elle finalement.

— Excellent. Tu élargis déjà ton horizon. Wulf encercla un élément sur le formulaire. De plus, tout ce qui se passe ici, à La Maison du Diable, est sûr, sain et consenti. Cela signifie que le risque de blessure est limité ou de préférence éliminé, que chacun a tout sa tête et que tout le monde a donné son consentement éclairé pour la procédure. J'ai des textes à te faire lire. Nous en discuterons plus en profondeur.

— D'accord. Ses cours sur les sujets humains en psychologie expérimentale abordaient le consentement éclairé avec force détails. Elle pourrait probablement écrire les textes elle-même.

— Autre chose.

— Oui… *Une autre question trop personnelle sur le fétichisme pervers ? Nous y voilà.*

— Tu es sérieuse au sujet de créer une clinique pour enfants autistes ?

La mâchoire de Rae tomba.

— Comment tu sais ça, bon sang ?

— Lizbeth et Georgie m'en ont parlé.

Un côté de sa bouche s'écarta vers le haut, comme s'il avait presque souri.

— Euh, ouais. C'est, euh, tu es sûr de vouloir entendre parler de ça ?

— Certainement.

— D'accord. Eh bien, mon cousin Daniel, qui a huit ans, est autiste. Vraiment autiste. Et j'ai vu à quel point ma tante Alana avait essayé de l'aider mais elle n'a pas pu, parce qu'elle ne savait pas vraiment quoi faire et notre pédiatre, dans cette petite ville, ne savait pas comment l'aider. Il est trop occupé à essayer d'enrayer une épidémie de coqueluche parce que tout le monde a cessé de vacciner ses enfants. Tout le monde est parent avec tout le monde là-bas et tout le monde connaît Alana et Daniel. Lorsque mes professeurs ont commencé à parler de l'autisme et des thérapies prévues, quelque chose a fait *tilt* dans ma tête. C'est ce dont Daniel a besoin. Ou aurait eu besoin. Il a huit ans maintenant, huit ans, c'est déjà trop tard. Mais il y a beaucoup d'enfants comme Daniel. Des milliers. Des millions. Tu es sûr que je ne t'ennuie pas ? C'est vraiment hors sujet.

— Continue, s'il te plaît, dit à nouveau Wulf. Son regard, tout à l'heure très distant, s'était aiguisé. Rae avait vu beaucoup de gens avec les yeux bleu-gris, mais le bleu des yeux de Wulf était si sombre qu'il avait l'air saphir.

Elle déclara :

— Alors, j'ai eu cette idée : créer une clinique, un guichet unique, un lieu où les enfants pourraient suivre une ergothérapie, une orthophonie et une thérapie comportementale — ça c'est moi — et des thérapies médicales, peut-être même des conseils nutritionnels, et une aide intensive, de préférence une aide précoce, et professionnelle. Je pense que cela pourrait les aider.

Je pense que nous pourrions les empêcher de finir comme Daniel.

— Et comment va Daniel maintenant ?

Rae empêcha ses mains de se couvrir instinctivement le visage parce qu'elle ne voulait pas abimer son maquillage spécial entretien d'embauche. Elle garda donc les mains en suspens, inutiles et figées.

— Enfermé. Il est enfermé dans ce terrible endroit de son cerveau où tout est en feu et où tout ce qui est en dehors de sa tête le terrifie. Il s'agite constamment parce que, quand il bat des mains, ce mouvement kinesthésique est réintroduit dans son cerveau et il comprend la structure du mouvement. Cela l'apaise. Tout le reste est trop effrayant et insondable pour lui.

— Je suis désolé. Où en es-tu dans tes projets pour cette clinique ?

— J'ai un nom : Un rayon de lumière. Je pensais commencer dans un centre commercial. De nos jours, il y a beaucoup de centres commerciaux avec des locaux vides. Nous pourrions prendre de l'expansion par la suite, à mesure que nous aurions plus d'argent pour engager plus de personnes.

— Intéressant. Wulf hocha la tête et tapota son formulaire avec un stylo. Il se mordit la lèvre inférieure, un peu comme Rae l'avait déjà vu faire. Nous avons grand besoin en ce moment d'une nouvelle dominatrice. Tu pourras travailler un ou deux soirs par semaine et les samedis soirs, ensuite tu passeras de 10 à 15 heures, et tu verras, la plupart des filles gagnent plus que nécessaire pour payer leurs études. Je pense que tu économiseras peut-être suffisamment d'argent pour démarrer ton entreprise.

Trois nuits par semaine, c'était moins que ce qu'elle travaillait en ce moment à la bibliothèque et ce salaire minimum payait à peine pour les boissons alcoolisées et les livres, sans parler des frais de scolarité et d'hébergement.

Deux mille dollars par semaine, chaque semaine.

— Ah bon ?

— Certainement. Beaucoup de mes filles sont des étudiantes. Tu connais Lizbeth et Georgie. Whitney est avec nous depuis quatre ans, depuis sa licence et, maintenant elle fait son doctorat en sociologie. Elle a passé son examen de candidature au doctorat il y a un mois. Elle fait signer des décharges à ses soumis afin qu'elle puisse les utiliser comme sujets de recherche et elle leur accorde une petite ristourne insultante sur le prix. Elle a essayé d'utiliser des pseudonymes pour eux dans ses articles évalués par des pairs, mais ils insistent pour qu'elle utilise leurs vrais noms. C'est bien plus humiliant pour eux.

Rae dit consternée : Utiliser de vrais noms est une violation majeure de l'éthique. Il existe des directives éthiques strictes. Il existe des lois sur l'utilisation de sujets humains aussi.

— Oui, mais ils insistent, les avocats ont donc établi des formulaires à signer et certains ont leurs papiers encadrés dans leur cachot à la maison. Maintenant, comme je te disais, tu es censée ne pas avoir de rapports sexuels avec les clients. En effet, s'ils ont été un très bon petit soumis, tu peux leur permettre de se masturber quand tu as fini avec eux.

— OK. Elle s'était persuadée qu'elle serait une putain. Le sexe n'était-il pas le principe de la prostitution ? « Alors qu'est-ce que la plupart d'entre eux veulent faire? »

Il haussa les épaules.

— Environ un tiers sont fétichistes des pieds ou des

bottes. C'est le problème le plus courant que nous voyons. Un autre tiers veut des fessées. Après quelques mois ou quelques années d'un tel traitement, la plupart de nos clients se diversifient, ils deviennent plus aventureux, ou blasés, et ces personnes constitueront la majorité de ta liste de clients.

Rae hocha la tête. Elle ne savait toujours pas ce que signifiaient tous ces euphémismes.

Wulf étudia son questionnaire.

— Tu parles français et espagnol ?

— Un peu. Du français de lycée et de l'espagnol de frontière.

Wulf leva les sourcils. Il sourit avec un côté de la bouche seulement.

— De l'espagnol de frontière ?

— Exactement ce qu'on apprend en grandissant près de la frontière mexicaine. Genre comment parler avec respect aux barons de la drogue, de peur de se retrouver enterrée dans une tombe peu profonde dans l'immense désert insondable. Je peux me débrouiller dans la plupart des situations, mais je ne pourrais pas tenir un débat philosophique.

— Je vois. Espagnol courant. Excellent. Une partie de notre clientèle provient de l'extérieur des États-Unis. L'espagnol de frontières est peut-être la langue à utiliser pendant que tu les bousculeras ! Wulf examina à nouveau sa candidature. Il lui demanda : *Comment est votre français ?*[1]

Elle répondit : *Comme-ci, comme ça*, mais je ne suis jamais allée où les gens parlent réellement français.

Wulf revint à l'anglais.

— Quel est cet accent ?

Rae aurait préféré parler comme une élégante parisienne.

— Cajun. Ma lectrice de français venait de la Louisiane.

— Espagnol de frontière et français Cajun. Tu vas faire une peur bleue à tes clients, ils vont t'adorer !

Rae ne pouvait pas imaginer ça.

— Une dernière chose. Pas de pression là-dedans. Wulf lissa les papiers sur son bureau. Son sourire étudié devint plus gai, comme s'il se moquait de lui-même. Comme d'autres entreprises à vocation masculine, je ne suis pas seulement le propriétaire, je suis aussi un client. Lorsque j'utilise les services professionnels d'une consultante, elle perçoit son tarif standard, et la portée de ses services est limité par ça. Il montra du doigt le formulaire de candidature où Rae avait précisé quelles absurdités elle ferait et ne ferait pas, ce qui semblait maintenant un contrat avec le diable puisque Wulf, qui était Le Dom — que Rae avait provisoirement diagnostiqué comme psychopathe d'après les descriptions de Georgie et de Lizzy — l'avait épinglé au bureau avec son doigt. Il ajouta : Les consultantes peuvent choisir de ne pas me divertir en tant que client. Dolly a choisi de ne pas participer, mais tu ne la connais pas encore. Tu peux donc demander à Georgie ou à Lizbeth et elle te diront qu'elle n'est pas traitée différemment des personnes qui ont choisi de participer. Tu peux également te désinscrire à tout moment, sans motif.

Son sourire professionnel était inébranlable.

Rae demanda :

— Est-ce ce que tu faisais ça quand tu as emmené Lizzy en rendez-vous ?

— Non, ça c'est autre chose. Ce serait pour un arrangement commercial, pour environ une demi-heure.

— Non, dit Rae. Elle n'avait même pas réfléchi, elle aurait dû, avant de dire quoi que ce soit, parce qu'il ne lui donnerait peut-être pas le poste et il faudrait qu'elle quitte la fac. Elle était prête à sauter avec lui sur le canapé. Elle voulait le plaquer contre un mur ou qu'il l'incite à se pencher sur ce bureau en verre et acier qui les séparait. Pourtant, même si elle était excitée, même si sa culotte était humide de désir, elle ne voulait pas être une pute pour lui. Non, merci. Je ne préfère pas m'inscrire pour t'avoir mon client.

— Je vais en prendre note.

Son sourire ne faiblit pas.

Rae se demanda s'il était soulagé et son cœur se serra.

— Pour la prochaine partie de l'entretien, j'ai besoin de te voir dans une scène. Tu recevras le tarif standard.

Voilà, on y était, le casting sur canapé. Rae s'y était préparée. Elle pensait qu'elle devrait prendre sur elle mais au lieu de cela, elle était impatiente.

Wulf se leva et tendit la main paume ouverte, désignant la porte qui menait à la réception.

— Après vous, Madame.

LA PREMIÈRE SCÈNE DE RAE

Wulf tint la porte du bureau ouverte pour Rae. Elle le suivit jusqu'à la réception.

Des plantes luxuriantes entouraient des divans bleus. Les immenses baies vitrées devaient leur fournir beaucoup de soleil. Les magazines sur la table basse étaient le seul indice sur la nature de La Maison du Diable : *BDSM Aficionado, l'Hebdo de la soumission et Fouets & Bondage.*

La réceptionniste, la fille à la jupe ultra courte argentée qui avait laissé Rae entrer dans le bureau de Wulf, était de dos, en train de taper sur un clavier d'ordinateur.

Rae s'arrêta. Au-dessus du dossier de la chaise de bureau, des vilaines marques zébraient la peau brun foncé de la fille. Rae n'avait pas remarqué les marques lorsque la réceptionniste avait marché à côté d'elle, la conduisant au bureau de Wulf. Bien que la peau de la jeune femme soit brun chocolat, le noircissement autour des marques suggérait des contusions.

— Glenda ? la fille se tourna pour faire face à

Wulf. Je suppose que nos invités de trois heures sont arrivés ? Il se pencha sur son bureau et choisit un dossier.

— Oui, Monsieur, dit Glenda. Sa tête s'affaissa presque comme dans un tressaillement mais son mouvement ressemblait davantage à une salutation.

Il hocha la tête et avança dans le couloir, sans même remarquer les blessures de cette pauvre fille.

— Wulf ! l'appella Rae en trottinant pour le suivre.

Il se retourna et il semblait faire dix centimètres de plus qu'auparavant.

— N'utilise pas mon prénom ici, souffla-t-il.

— Cette fille, Glenda, la réceptionniste. Tu n'as pas vu son dos ? Elle a été battue à mort. Nous devons appeler la police, tout de suite.

— Connaissant Glenda, je suis sûre que c'était consenti et qu'elle a apprécié.

— Mais, elle a des marques et des bleus !

— Compte tenu du dessin très précis des marques sur son dos, elle a dû rester immobile pendant qu'on lui administrait. Je suis préoccupé par ton niveau de jeu de domination, si tu es tellement dérangée par quelques marques.

Rae ne pouvait pas croire que la pauvre fille avait voulu être battue si violemment.

—Je reviens tout de suite.

Rae revint vers la réceptionniste et se pencha sur le bureau.

Glenda la regarda, avec ses yeux verts brillants, surprise de voir Rae de retour si tôt.

— Oui Madame ?

— Comment as-tu eu ses marques sur ton dos ?

Glenda sourit.

— On peut encore les voir ? Mon maître a utilisé

un fouet à quatre brins sur moi la nuit dernière, ici au club. Son sourire prit un air malicieux. C'était ma première fois sur la scène principale.

Rae se frotta le front, se sentant bête. Bien sûr, les gens dans un sex club — car c'est bien ça qu'était La Maison du Diable, un sex club — auraient des marques. Rae aurait dû savoir que Glenda affichait ses marques en portant ce haut moulant à paillettes argentées décolleté dans le dos. Bien sûr qu'elle n'allait pas les cacher avec un col roulé.

— D'accord, dit-elle. Je voulais juste m'assurer que tu allais bien.

Glenda sourit.

— C'est trop mignon. Si vous trouvez que mon dos est marqué, vous devriez voir mon cul. Elle caressa ses hanches et ses cuisses. Je peux à peine m'asseoir sur cette chaise.

— C'est bon, merci. Je dois rattraper… elle se souvient du malaise de Wulf quand elle avait dit son prénom dans le couloir… lui, là.

— Oh, putain, oui. Le Dom n'aime pas du tout attendre !

Cette fois-ci, Rae remarqua que Glenda l'avait appelé *Le* Dom, et non pas Dom comme un raccourci pour Dominique, et elle réalisa que Lizzy et Georgie l'appelaient également *Le* Dom.

Rae lutta contre son inquiétude croissante envers tout ça. Elle était censée être une adulte. Elle était à la fac depuis plus de deux ans. Elle en avait fini avec toutes ces histoires de petite ville de province.

Pourtant, son cours de psychopathologie avait détaillé les ravages psychologiques qu'un psychopathe peut causer sur une personne normale. Les psychopathes utilisent les gens à leurs propres fins, pour leur gratification ou simplement parce qu'ils sont là. Être un psychopathe faisait probablement partie de la fiche de poste d'un gestionnaire de sex club sadomaso.

Mais Rae voulait rester à la fac, désespérément.

Elle regarda dans le couloir, où Wulf l'attendait, adossé au mur, ses longues jambes croisées aux chevilles. Son large torse formait un triangle musculaire au-dessus de sa taille fine.

Son petit rêve d'aider des enfants autistes comme son cousin Daniel semblait bien loin et Wulf possédait l'argent dont elle avait besoin pour le faire.

Il avait boutonné sa veste de costume. De loin, Rae pouvait voir que son costume lui allait trop bien pour avoir été acheté en prêt-à-porter.

Rae revint vers lui et décida de ne pas dire qu'elle avait eu la confirmation que Glenda aimait bien être fouettée.

— Voilà, je suis là.

— Encore une chose. Le regard de Wulf était sérieux. Rae remarqua à nouveau comment son costume bleu foncé faisait ressortir le bleu de ses yeux et la couleur dorée de ses cheveux, même si elle savait qu'elle était censée être intimidée. Tu ne dois jamais utiliser mon prénom.

— D'accord. C'est une question de domination, c'est ça ?

Les cils de Wulf semblaient recouverts d'or.

— Oui. On peut m'appeler Le Dom, ou Monsieur, ou Maître. C'est tout.

Elle se souvint d'une dernière chose parmi sa liste de noms, même si elle avait été distraite par le fait qu'il soit en train de lui sucer le mamelon juste avant de lui débiter.

— Pas Monsieur Van Hanover ?

Il lui sourit, un petit sourire lent, mais le sourire atteint ses yeux cette fois, un vrai sourire.

— Même pas ça.

Rae avait l'impression que le fait qu'elle se souvienne d'une partie de son nom lui faisait plaisir.

— OK, *Monsieur.*

Elle leva un peu les sourcils, simplement pour lui montrer qu'elle trouvait ridicule de l'appeler Monsieur.

Ses lèvres se séparèrent un peu, comme s'il s'était presque penché pour l'embrasser.

— C'est mieux.

Son petit défi aurait mis en colère un psychopathe. Peut-être n'était-il pas seulement cette coquille lisse comme un miroir ?

Wulf poursuivit :

— En outre, même si Reagan est peut-être le meilleur nom que j'ai entendu pour une dominatrice, tu as besoin d'un *nom de baise*[1] pour ton travail.

Un *nom de plume* était un pseudonyme, comme pour les écrivains. Un *nom de guerre* était le nom de code d'un rebelle en temps de guerre. *Baiser* était un mot français en argot. Rae soupçonnait qu'un *nom de baise* voulait dire un pseudo pour baiser ce qui était parfaitement logique, étant donné qu'elle se trouvait dans le bureau d'un sex club.

Un nom de pute pour un club de baise. Son estomac se contracta.

—Je n'ai encore pensé à aucun.

Wulf leva les yeux vers le plafond, en réfléchissant.

— Tu pourrais envisager Dom Juan ?

— C'est une possibilité, dit Rae, tout en songeant que ça n'était pas très bon. Que dirais-tu de Lady Macbeth ?

Wulf hocha la tête, l'air impressionné.

— Pas mal. Très bien, en effet. J'ai sélectionné un soumis pour ton audition. Son dossier, il lui tendit un dossier, inclut toutes ses informations. Tu veux le consulter ?

Rae ouvrit le dossier. Un formulaire de trois pages ressemblant beaucoup à celui qu'elle venait de remplir était agrafé à gauche du dossier. Le nom écrit au sommet en capitales d'imprimerie était Curtis Cutter. Elle feuilleta le dossier, notant que cet homme avait pris part à la plupart des activités figurant sur la liste et qu'il aimerait recommencer.

Rae imagina un homme bestial et dépravé en train de baver, tout en muscles et couvert de poils noirs comme un bouc.

La partie droite du dossier comportait un formulaire avec quelques détails supplémentaires, principalement des informations pour la facturation.

— D'accord. C'est bon pour moi.

— C'est une session de vingt-cinq minutes. Parce que tu n'as pas encore passé le test physique, il ne doit y avoir aucun jeu avec du sang, aucun échange de fluides corporels, même si notre petit soumis apprécie les deux. Je regarderai ton audition depuis la cabine de contrôle. Wulf ouvrit une porte de bureau d'apparence normale sur le côté.

La pièce derrière la porte était meublée de canapés en cuir rouge et de tables basses en bois noir, mais pas de sièges de bureau ordinaires. La porte sculptée sur le mur opposé était grande et noire, comme une porte menant aux enfers. Du tissu tendu en velours rouge, capitonné d'une sorte de bourre, recouvrait les murs jusqu'au plafond.

Rae résista à l'envie de faire un mot d'esprit sur le

fait que dans La Maison du Diable, même le papier peint se faisait bourrer.

Wulf examina les cinq hommes rassemblés, tous assis bien droits sur des canapés en cuir rouge, les mains jointes sur leurs genoux bien serrés. Ils étaient tous torse-nus et portaient des pantalons noirs ajustés. Aucun d'entre eux n'avait l'air d'avoir fait un tour à la salle de sport depuis un moment, et ils étaient tous flasques et grassouillets, chacun dans son genre.

Rae les identifia mentalement comme Grincheux, Timide, Prof (qui avait des lunettes bien sûr), Dormeur et Simplet.

Cinq hommes.

Rae vérifia à nouveau et il y avait effectivement exactement cinq hommes dans cette pièce.

Le nombre d'hommes dans cette pièce, qui attendaient d'être fouettés ou autre, était égal au nombre de partenaires sexuels qu'elle avait eu dans sa vie, y compris deux coups d'un soir et Wulf la nuit précédente. Elle se sentait à la fois pathétiquement vierge et comme une salope au milieu d'une foule d'hommes.

Wulf fit claquer une cravache contre son genou. Rae ne l'avait pas vu saisir l'objet.

— Toi, Wulf désigna l'un des hommes, quel est ton nom, soumis ?

Timide, qui était roux, s'empourpra derrière ses taches de rousseur, tomba à genoux et s'assit sur ses talons, la tête inclinée.

— Curtis, Monsieur.

Timide/Curtis ressemblait à un assistant de service informatique, pas à un bouc dépravé. Elle pouvait l'imaginer assis derrière un ordinateur en train de manger des chips provenant d'un distributeur, mais elle n'aurait pas pensé que ce type aimait être battu avec un martinet, un gode enfoncé dans le derrière, et pourtant il avait coché ces deux éléments sur son questionnaire.

Rae grimaça lorsque Wulf fouetta le dos de Timide, en laissant une marque.

Encore une fois, Rae envisagea de s'enfuir tout de suite mais se retint car elle voulait ce travail.

Wulf lui dit :

— Non, ton nom de soumis.

Timide répondit :

— Merci, Monsieur, de m'avoir corrigé.

Rae envisagea *vraiment* de s'enfuir par la porte, mais au lieu de cela, elle prit une pose étudiée et baissa les yeux sur Timide comme la hautaine Lady Macbeth, qu'elle avait jouée dans La pièce écossaise[2] l'année précédente. Comme Lady Macbeth, Rae ne voulait pas laisser, « Un *je n'ose pas,* suivre sans cesse un, *je voudrais bien*, » [3]c'est-à-dire qu'elle ne voulait pas que son côté mauviette et ses phobies l'empêchent de faire ce qu'elle devait faire. Lady Macbeth n'était pas une andouille passive.

Rae aurait aimé avoir un peu plus intériorisé Lady Macbeth, l'ambitieuse meurtrière, plutôt que la danseuse hippie de Hair.

— Excusez-moi, Maître, dit Timide. Je m'appelle Setter irlandais, Monsieur.

— Voici Lady Macbeth, l'une de nos nouvelles dominatrice. Elle aimerait jouer avec toi pour ta session d'aujourd'hui. Te soumets-tu ?

Le rouquin aux yeux écarquillés tourna sa face de lune vers Rae et dit :

— Si vous le jugez ainsi, Monsieur.

Wulf fit un geste vers la grande porte sculptée.

— Ma Dame, votre soumis vous attend.

D'accord, Rae allait devoir resserrer sa perversion de quelques crans. Cette situation étrange n'allait pas lui voler sa chance de rester à l'université.

Dans la pièce, Lady Macbeth dit : « Chevillez seulement votre courage au point résistant, et nous n'échouerons pas. »[4]

Rae pourrait adopter cela comme son mantra et penser que cheviller son courage pourrait l'aider à trouver comment faire ce truc de dominatrice.

— Allons-y, dit-elle à Timide, qui n'avait pas bougé, toujours à genoux sur le sol.

— Oui, Maîtresse.

Timide se releva, titubant un instant sur ses jambes noueuses. Il tint la grande porte ouverte pour elle.

Au-delà de la salle d'attente rouge et noire, le décor était vraiment bizarre.

Des chandeliers en fer projetaient une lumière tamisée sur les murs en pierre grossière. Même si elle n'avait descendu aucun escalier, Rae n'aurait pas été surprise d'entendre de l'eau s'écouler des fissures du sous-sol. Un drain au milieu du carrelage suggérait que cette pièce devait parfois être arrosée. Une odeur forte de citrons emplissait la pièce alors qu'on aurait plutôt attendu celle du cuir et de la sueur. Rae aperçut un petit désodorisant branché dans une prise murale à côté d'une bibliothèque noire où étaient disposées des boîtes de baillons-boules et de bandeaux.

La porte grinça derrière elle et se ferma brusquement.

Rae et Timide étaient seuls dans le cachot.

Zut.

Des barres de fer étaient fixées aux murs à différentes hauteurs. Des liens étaient fixés aux barres, prêts à l'usage : du cuir noir, des chaînes en fer, des menottes en acier étincelantes, des lanières en cuir rouge et des lanières de soie rose. Des fouets — tant de fouets ! — étaient rangés dans des vitrines en verre semblable à l'armoire pour armes de son père. Rae n'avait jamais imaginé l'existence de tant de sortes de fouets, sans parler des cannes, des lanières de cuir et des lattes.

Lady Macbeth aurait été ravie.

Rae était horrifié.

Mais Rae était maintenant Lady Macbeth.

Courage.

Rae jeta un coup d'œil à Timide, qui se tenait près de la porte fermée et attendait. Elle ne pouvait pas être passive ici, pas du tout.

Elle ouvrit la porte vitrée du meuble. La porte resta bloquée une seconde et vibra lorsqu'elle la dégagea. Elle eut un mouvement de recul, attendant le son du verre qui se brise mais la porte resta intacte. L'odeur de cuir propre et de bois frais se répandit et effleura les narines de Rae. Dans le placard, elle choisit un fouet long et épais.

Rae essaya d'imaginer ce que Timide voulait qu'elle fasse. A part l'évidence, comme le frapper et lui coller des choses dans les endroits où il se faisait baiser, elle ne savait pas quoi faire.

Elle se retourna, fit tourner le fouet en cercle pour faire de l'effet.

— Je n'aime pas ce nom, Setter irlandais.

— Ah oui, Maîtresse ? Il semblait perdu.

Elle s'approcha et resta à côté de lui. Sur ses hauts talons, Rae faisait au moins vingt centimètres de plus que l'homme aux cheveux roux. Sa tête ne lui arrivait même pas à l'épaule. Elle baissa les yeux sur ses cheveux orange et sur son cuir chevelu rose.

Elle le contourna, regardant de haut en bas son petit corps replet.

— Je pense que je vais t'appeler Timide.

— Oui, Maîtresse.

Il avait l'air ravi qu'elle lui ait retiré son nom pour lui en donner un de son choix. Il faudrait qu'elle se souvienne de ce petit tour.

Ses pieds étaient nus et viraient au bleu sur le carrelage inégal. Elle aurait voulu lui donner un tapis de bain pour qu'il les pose dessus.

Elle coinça la poignée du fouet sous son menton et releva sa tête pour qu'il la regarde dans les yeux.

— Tu aimes ce nom ?

Timide cligna des yeux deux fois, rapidement. Ses cils pâles étaient presque invisibles.

— Euh, oui ? Maîtresse.

— Bien. Que faisons-nous aujourd'hui ?

Timide cligna à nouveau rapidement des yeux.

— Je ne sais pas, Maîtresse.

— Y a-t-il quelque chose en particulier que tu aimerais ?

— Euh, non, Madame.

— Peut-être devrions-nous commencer debout. Est-ce qu'on fait ça ?

— D'accord. Madame.

— Où veux-tu te mettre ? demanda Rae.

Les barres fixées aux murs pourraient être un bon choix. Des chaises et des tabourets rigides ainsi que des drôles de bancs, certains arrondis, attendaient, bien rangés au milieu de la pièce. Une énorme chose qui ressemblait à un métier à tisser se trouvait au centre.

Il faudrait qu'elle apprenne à quoi servaient toutes ces choses si elle devait travailler ici.

Les essais qu'elle pourrait écrire pour son cours de

psychopathologie l'année prochaine pourraient impressionner ses professeurs. Ils pourraient même rétablir sa bourse si elle publiait quelque chose.

— Tu peux aller là-bas, Timide, dit-elle en désignant une rangée de barres au fond de la salle.

Timide trottina et attendit là-bas.

Bon, apparemment Rae devait lui dire exactement quoi faire, à chaque étape.

— Tourne-toi, dit-elle. Timide pivota et fit face au mur. Attrape les barres.

La perte de volonté est symptomatique d'un certain nombre de problèmes psychologiques, mais Rae eut l'impression que Timide faisait semblant, que ça faisait partie du jeu.

Eh bien, elle était ici pour rentrer dans son jeu.

— Avec quoi allons-nous te ligoter ? demanda Rae d'un air amusé tout en regardant toutes les possibilités qui pendaient des barreaux. Les menottes pourraient lui faire mal, surtout s'il tirait dessus. Le cuir clouté semblait particulièrement cruel.

— Euh, Madame ? demanda Timide.

— Préfères-tu des menottes ou bien être ligoté ?

Elle baissa les yeux vers lui, cherchant la peur dans ses yeux larmoyants.

Au lieu de cela, il avait l'air perdu. Elle aurait juré qu'il avait l'air abasourdi, et pourtant elle était plutôt gentille avec lui, compte tenu de toutes les prédilections qu'il avait énumérées sur son formulaire.

— Euh, des menottes ? dit Timide.

Et à nouveau Rae perçu le ton indécis dans sa voix, ce qui devait être habituel chez lui.

C'est drôle, il n'avait pas ajouté «Maîtresse» cette fois.

Rae attacha les menottes autour de ses poignets, les serra, mais pas trop. Elle ne voulait pas le blesser.

— Est-ce que tout va bien ?

— Oui.

Timide s'agitait d'un pied sur l'autre.

Il doit avoir froid aux pieds, le pauvre gars.

Elle lui caressa le dos avec le fouet car elle ne voulait pas vraiment le fouetter. Elle avait peur de lui faire très mal, même il s'attendait à des coups de fouet. Elle n'avait pas lu son dossier en entier mais toutes les sections sur le fouet étaient cochées. Il avait griffonné un *smiley* à côté de la case «grande tolérance à la douleur».

Il faudrait qu'elle le fouette à un moment ou un autre. Il ne leur restait qu'une quinzaine de minutes.

Rae recula son bras pour le fouetter.

Elle ferma les yeux, très fort.

WULF REGARDE

Wulf était arrivé dans la cabine de contrôle quelques instants après avoir laissé Reagan (quel nom parfait et quelle dommage de ne pouvoir l'utiliser de manière professionnelle) avec l'un de ses clients préférés, Setter irlandais. Celui-ci se soumettrait à tout ce qu'elle lui balancerait. Les neurochirurgiens devaient parfois renoncer à leur contrôle obsessionnel.

Dans la cabine de contrôle, une pièce sombre où la diffusion des douze caméras des cachots défilait sur des écrans accrochés autour du long bureau, Wulf s'installa dans un fauteuil de bureau à côté de son chef de la sécurité, Jeffrey Jackson.

Le black repoussa son casque sur son crâne et croisa comme il put ses gros bras musclés sur sa poitrine.

— Bonjour, patron.

— Bonjour, Jackson.

Patron n'était pas une appellation habituellement

permise par Wulf, mais Jeffrey avait une plus grande liberté d'action. En revanche, bien que leur amitié dure depuis cinq ans, même Jeffrey ne connaissait pas le prénom «Wulf», sans parler du reste.

Wulf demanda :

— Comment ça se passe avec notre nouvelle petite dominatrice ?

— Je ne sais pas trop.

Jeffrey désigna l'écran situé dans la partie supérieure gauche de la ragée de moniteurs de contrôle, portant la mention *Salle de jeux 1*. De la vue haut perchée de la caméra située dans un coin de la pièce, ils pouvaient voir les deux personnes se tenant près de la porte. L'angle leur donnait une vue fantastique sur le magnifique décolleté de Reagan.

Oh, comme Wulf avait apprécié en vrai ces beaux seins hier soir ! Ils sentaient la pêche et les fleurs, sous les vêtements de Rae. Il aurait pu enfoncer ses dents dans leur texture moelleuse toute la nuit. Il avait été déçu qu'elle se soit retirée de la proposition commerciale habituelle cet après-midi. La voir perchée sur son bureau et sucer ses seins pulpeux jusqu'à ce qu'elle jouisse lui aurait offert un après-midi mémorable, sans parler de se laisser emporter et de la mordre. Malgré tout, Wulf était persuadé qu'une magnifique diablesse comme Reagan pourrait supporter quelques morsures. Il voulait laisser des marques de morsures partout sous ses vêtements, y compris à l'intérieur de ses cuisses, afin que chaque fois que les morsures lui feraient mal, elle sache que sa bouche avait été là.

Non, la vraie tentation aurait été de la retourner et de la prendre sur son bureau, en tenant ses hanches somptueuses.

Jeffrey actionna un curseur parmi les douzaines de la table de mixage.

La voix suave de Rae résonna dans les haut-parleurs :

— Peut-être devrions-nous commencer debout ? Est-ce qu'on fait ça ?

— Elle n'arrête pas de lui poser des questions, dit Jeffrey.

Wulf haussa les épaules.

— Je dois lui rappeler qu'elle n'est pas à *Jeopardy*. Être une dominatrice signifie ne jamais avoir à dire «s'il te plait».

Ils s'assirent et écoutèrent Rae jouer sa scène avec Setter irlandais.

— D'accord, Madame, dit Setter irlandais en se dandinant sur ses pieds.

Wulf fronça les sourcils. Il aurait piqué le soumis pour qu'il arrête de s'agiter, peut-être aurait-il construit la scène entière comme une leçon sur le calme approprié à la soumission.

Setter irlandais donnait à Rae l'occasion de le punir.

Sur l'écran, Reagan se retourna, semblant désorientée dans la salle de jeux.

— Où veux-tu te mettre ? Sa voix, semblait hésitante à travers le haut-parleur. Tu peux te mettre là-bas, Timide.

Setter irlandais, ayant finalement reçu un ordre, se dépêcha d'aller où elle avait montré.

— Pourquoi l'appelle-t-elle Timide ? demanda Wulf.

— Elle lui a donné un nom de soumis de son choix.

Wulf s'adossa au fauteuil, plus confiant sur les compétences de Rae en domination. Dépouiller le client de son propre surnom de soumis était une bonne idée.

— Tourne-toi, dit Reagan.

Setter irlandais fit face au mur.

Wulf pouvait voir l'excitation tendre le corps du soumis face à ses ordres de plus en plus stricts.

Reagan dit :

— Attrape les barres.

Wulf étendit ses longues jambes sous la table de contrôle et croisa ses mains sur son ventre plat. Elle aurait dû prendre le contrôle plus tôt, mais la scène progressait. La stratégie de Wulf à partir de là aurait constitué à examiner le soumis et à lui trouver les défauts qu'il fallait corriger. Les soumis aimaient avoir le sentiment d'avoir développé leur soumission lors d'une scène.

— Avec quoi devons-nous te ligoter ? demanda Rae.

— Vous voyez ? dit Jeffrey en désignant l'écran, encore des questions.

— Ce n'est pas une faute fatale. Au moins, ça ressemblait plus à une hypothèse.

Jeffrey tourna un cadran pour que la voix du soumis soit plus forte dans la sombre cabine de contrôle.

— Euh, Madame ?

— Elle l'embrouille avec toutes ses questions. Jeffrey sirota son café. De la mousse fouettée resta accrochée à sa lèvre supérieure.

— Elle va y venir. C'est sa première scène en tant que professionnelle. Elle a indiqué qu'elle avait une «grande» expérience de dominatrice dans la sphère privée.

— Je ne l'aurais pas deviné.

Sur l'écran, Reagan demanda :

— Préfères-tu des menottes ou bien être ligoté ?

Wulf et Jeffrey gémirent, comme s'ils regardaient un long putt de golf glisser au-delà du trou au lieu de tomber dedans. Reagan accordait beaucoup trop d'autonomie au soumis. Setter irlandais était venu à La Maison du Diable pour renoncer à son obsession du contrôle, pas pour répondre à une foule de questions comme, préfères-tu le chocolat ou les fraises.

Sur l'écran, Setter irlandais répondit :

— Euh, des menottes ?

— La vache ! aboya Jeffrey face à l'insubordination du soumis, et Wulf fronça les sourcils.

Le soumis n'avait pas utilisé le titre honorifique de la dominatrice, tel que Maîtresse ou Madame. Il implorait un passage à tabac. Les soumis voulaient croire que ce monde était sûr parce que les infractions aux règles étaient punies, de préférence sévèrement.

Ils observèrent Reagan sur l'écran, plongeant sur elle par la caméra au-dessus, tandis qu'elle serrait les menottes autour des poignets potelés du soumis, et attendirent une réaction rapide de sa part à un tel affront.

Au lieu de lui faire une marque dans le dos, elle lui demanda :

— Est-ce que tout va bien ?

— Oui, répondit Setter irlandais

Wulf se leva, prêt à intervenir car cette scène était en train de basculer vers le chaos.

— Jeffrey, trouve Lena. Elle est dans l'immeuble. Dis-lui de me retrouver dans la salle de jeu numéro 1.

— Oui Monsieur.

Reagan recula son bras pour fouetter le soumis et ferma les yeux.

Wulf se mit à courir.

COMMENT TENIR UN FOUET

Rae tint en l'air cette espèce de long serpent noir de fouet jusqu'à ce que son poignet ait une crampe.

Elle ne voulait pas faire ça, non, elle ne voulait pas, elle ne voulait pas du tout faire ça. Elle ne voulait pas faire de mal à ce pauvre petit homme ringard qui voulait probablement juste qu'une fille lui parle parce que personne ne sortait avec les gars de l'informatique.

Lady Macbeth fouetterait ce type à mort. Lady Macbeth avait dit à son mari qu'elle poignarderait et tuerait le roi si elle était suffisamment forte physiquement pour le faire.

Lady Macbeth ne devait pourtant pas faire un mètre soixante-dix-huit et n'avait probablement pas grandi dans un ranch, à lutter contre des veaux qui ne voulaient pas être marqués et castrés. Bien que Rae ait eu déjà recours à une baguette à bétail plutôt qu'à un fouet, elle était à peu près certaine de pouvoir casser ce fouet sur le dos de ce type aux cheveux roux. Elle ne voulait tout simplement pas le blesser.

Rae prit une inspiration et se prépara. Elle jeta un coup d'œil à Timide, espérant le voir la regarder d'un air lubrique, prêt pour le coup de fouet.

Au lieu de cela, les yeux bleus et humides de Timide s'écarquillèrent, véritablement emplis d'horreur. «Hippocampe !» cria-t-il. « Hippocampe ! »

Rae ferma les yeux et arma le bras pour le frapper.

La porte s'ouvrit d'un coup.

— Lady Macbeth !

Ah oui, c'est vrai c'était elle Lady Macbeth. Rae ouvrit les yeux.

Timide s'avachit et posa la tête sur les barreaux.

Wulf se tenait à la porte. Il tira sur les manchettes de sa chemise sous sa veste. «Madame, si vous me faisiez l'honneur de vous retirer dans le salon des dominants, je m'occuperais de ce soumis désobéissant. Il est indigne de vous. »

Il tendit la main pour prendre le long fouet noir.

Même si Wulf avait eu la gentillesse de donner l'impression qu'elle n'avait pas foiré royalement sa scène, Rae savait qu'elle était grillée à La Maison du Diable.

— Oui. Merci Monsieur.

Elle leva la tête bien haut, laissant Timide menotté à cette barre de fer, et tendit le fouet à Wulf, la poignée en premier.

Juste au moment où elle passait devant lui, Wulf se pencha et lui murmura à l'oreille:

— Dans mon bureau. Je te rejoins tout à l'heure.

Elle leva les yeux vers lui, craignant de voir de la colère, de la dérision ou de la déception, mais l'expression dans ses yeux d'un bleu profond demeura impassible. Sa paupière gauche frissonna, presque comme dans un clin d'œil.

Elle sortit du cachot pour ne pas l'embarrasser davantage devant son client. Alors qu'elle tirait la lourde porte derrière elle, elle vit Wulf se tenir derrière Timide, juste derrière le petit homme roux menotté à la barre de fer, très proche de lui mais sans le toucher.

Wulf murmura si bas que Rae ne l'entendit presque pas :

— Maîtresse Rage sera bientôt là. On continue, Setter irlandais ?

— Oui, Monsieur ! dit Timide.

Rae jeta un coup d'œil par la porte entre baillée.

Wulf enroula le long fouet et le mit de côté. Il demanda plus fort :

— As-tu pensé que tu pourrais t'en sortir avec une telle insubordination, soumis ? Lady Macbeth est une nouvelle dominatrice et je pensais que tu te comporterais en parfait soumis. Tu as trahi ma confiance et tu as besoin d'une leçon de soumission. Prépare-toi.

— Chef Oui Chef ! Non, je veux dire Monsieur ! Oh, oui, Monsieur ! gloussa Timide.

— Tu parles trop ! Wulf choisit une cravache dans le placard de verre puis retourna vers Timide. Sa voix basse devint menaçante et son accent allemand se renforça. Je pense que tu as besoin d'une leçon de silence dans la soumission. Ne parle plus, ne crie plus non plus, d'ailleurs. Souffre en silence.

— Oui, Monsieur !

Wulf lui donna une pichenette avec la cravache, un geste économique né de la pratique régulière de la cravache et Timide se recula.

— J'ai dit silence.

Cette fois, Timide ne répondit pas et Rae ferma la porte.

Dans la salle d'attente rouge et noire, Grincheux,

Doc, Dormeur et Simplet étaient assis sur les bords des canapés en cuir rouge, attendant leur tour dans le cachot.

Rae passa devant eux sans rien dire. Elle n'avait aucune idée de ce qu'elle devait leur dire, à part s'excuser de ne pas être à la hauteur de ce qu'ils attendaient d'elle.

Tandis qu'elle marchait dans les couloirs du bureau et passait devant la réceptionniste meurtrie, Rae inspira par le nez et par la bouche, contrôlant ses émotions ou tout au moins son apparence.

Elle ne voulait pas pleurer. Elle ne voulait certainement pas que Wulf la retrouve avec les yeux rouges et le nez morveux.

Dans le bureau du Dom, elle s'assit sur l'un des sièges devant le bureau, ceux des pénitents, et sortit son téléphone de son sac à main. Elle commençait à avoir mal à la tête d'avoir attaché ses cheveux si étroitement en arrière. Elle ouvrit son application de lecture.

La lecture d'un manuel scolaire ne lui apporterait que du désespoir parce qu'elle lui rappellerait qu'elle avait perdu sa fichue bourse d'études et avec, la chance de rester à la fac.

Chercher « comment être une dominatrice » ne servait plus à rien désormais. Elle aurait dû étudier cela ce matin au lieu de lire son manuel de psychopathologie au café, ce qui semblait évident maintenant parce que, sans ce travail, elle ne suivrait plus aucun cours.

Peut-être que si elle s'était préparée comme une vraie actrice, elle aurait réussi cette audition au lieu d'échouer si lamentablement.

Zut.

Lire un roman ou jouer à un jeu semblait être une

perte de temps supplémentaire. La seule chose qui aurait pu être utile c'était de saisir Pirtleville dans le GPS pour rentrer en voiture. Elle devrait faire ses valises avec ses quelques vêtements et articles de toilette et partir ce soir. Même le réfrigérateur dans le dortoir appartenait à Hester. Deux valises et des sacs de courses suffiraient à contenir tous ses biens et ses rêves ridicules.

Les yeux et le nez lui piquaient.

Elle retint ses larmes, ouvrit une application sur son téléphone et téléchargea des sonneries gratuites pendant vingt longues minutes.

La porte derrière elle s'ouvrit avec un clic et Rae revint au menu de son téléphone pour cacher cette chose stupide et inutile qu'elle était en train de faire. Au moins, elle n'était pas en larmes.

Wulf se dirigea vers son côté du bureau.

— Je me suis occupé de Curtis. Pourquoi ne t'es-tu pas arrêtée quand il a dit son mot de passe en cas d'urgence ?

— Je ne savais pas quoi faire.

Elle ne savait toujours pas ce qu'était un mot de passe en cas d'urgence mais elle pariait que c'était ça que Timide avait utilisé en hurlant « hippocampe. »

— Le code d'urgence signifie stop, toujours, même à mi-course. On doit tout arrêter. On doit bondir pour les détacher. Quand quelque chose se passe si mal, la seule chose à faire c'est d'arrêter tout.

Tout s'était si mal passé donc ? Rae devrait simplement partir maintenant et leur éviter tout embarras supplémentaire.

— Ne t'en fais pas. Wulf fit un signe de la main vers la fenêtre, indiquant que tout cela serait vite oublié. Ne prends pas ça trop à cœur. Curtis était ravi de passer un peu de temps avec Le Dom, Wulf leva les yeux au ciel, comme pour se moquer un peu de lui-même, puis avec Lena, l'une de nos dominatrices les plus expérimentées. Je facturais deux mille dollars de l'heure, quand j'avais le temps de jouer, et la plupart de mes clients étaient des amis. Il leva un de ses sourcils blonds. J'avais oublié à quel point j'aimais ça !

Il n'avait pas l'air fâché, mais Rae était déterminée à clarifier tout ça.

— Écoute, je dois m'excuser. Je ne savais pas ce que je faisais là-dedans. Mon ami et moi avions juste un peu pratiqué des jeux sado-maso, ça n'avait rien à voir avec ça.

Wulf restait toujours aussi calme, mais, toujours debout, il plaqua ses mains sur le bureau et se pencha en avant. Ses yeux bleus perçant étaient implacables, et son visage était aussi serein que de l'eau immobile.

— Est-ce qu'il a vraiment existé cet ami ?

Rae avait l'impression d'être à la croisée des chemins. Lizzy et Georgie avaient insisté pour qu'elle ne mente pas au Dom, pas même un tout petit peu, et pourtant elle avait gonflé un peu son curriculum vitae pour tenter de décrocher ce travail dont elle avait tant besoin.

Non, elle l'avait *beaucoup* gonflé en fait.

Maintenant, elle devait, soit faire preuve de franchise, soit doubler la mise sur son mensonge.

Wulf avait essayé de l'aider et Rae ne mentait jamais à ses amis.

— Non. Il n'y avait pas d'ami.

Wulf n'avait pas besoin de demander pourquoi elle avait menti. Ses raisons — le besoin cruel d'argent, le manque pathétique d'expérience sexuelle — tout ça était visible dans son formulaire d'embauche.

Il lui demanda :

— Y a-t-il autre chose qui devrait être modifié dans ton questionnaire ?

Tout le reste, toutes ces rencontres brèves, elle les avait effectivement expérimentées.

— Tout le reste est vrai.

— Même la partouze ?

Elle n'avait pas exagéré cette nuit-là.

— C'est devenu très chaud à la soirée de casting de Hair. Il y avait au moins cinq couples sur le lit dans la pièce du fond. On ne pouvait pas éviter de tripoter ou d'être tripoté.

— Tu as aimé ça ?

Les tripotages dans l'obscurité l'avaient excitée comme jamais. Elle avait fini par embrasser Laird pendant que Dave la baisait par derrière et que Jennifer chevauchait Laird.

— Ouais.

Wulf hocha la tête.

— C'est un début. Il déboutonna sa veste et s'assit derrière son bureau. Je maintiens ce que j'ai dit : tu es une dominatrice née.

Rae pensait qu'il se trompait, mais elle ne discuta pas.

— Ton manque d'expérience est problématique. La plupart des consultantes ont une expérience de vie plus pertinente.

— Euh, ouais, j'imagine.

Avant son arrivée à La Maison du Diable, elle avait eu honte de n'avoir eu que cinq partenaires sexuels, parmi lesquels Dave à la fête de Hair, mais pas Laird, embrasser ne comptait pas, et cela lui semblait encore trop peu. Après avoir vu les cinq hommes qui attendaient leur fessée, Rae se considérait plus prude que ce que la plupart des gens voyaient en Hester.

Wulf poursuivit :

— Nos consultantes peuvent séparer le sexe de l'amour et jouer d'après une relation précédente parce qu'elles ont déjà vécu ce genre d'expériences.

Rae se sentit obligée de tenter un dernier coup.

— Je travaille sur deux matières à la fac : psychologie et théâtre. Je suis comédienne. J'ai joué dans des pièces. Je peux jouer le même rôle tous les jours pendant des semaines et être convaincante pour l'autre acteur et le public, puis rentrer chez moi à la fin de la journée, prendre une tasse de chocolat chaud et tout oublier.

Wulf hocha la tête, puis étendit ses mains sur son bureau.

— Je ne me sentirais pas à l'aise de t'embaucher, même en tant que stagiaire, à ce stade.

— Je comprends. Cela n'allait nulle part. Elle avait besoin de les sauver tous les deux d'une mortification supplémentaire. Rae récupéra son sac, par terre. Merci pour ta disponibilité, Wulf, euh, Monsieur Van Hanover. Tu as été très gentil et j'ai apprécié.

Elle releva la tête, sourit tristement et se leva, prête à quitter son bureau et cette ville universitaire. Elle tendit la main au-dessus du bureau pour serrer la sienne avec une seule idée en tête, s'enfuir. Au moins, elle n'avait pas manqué de dignité au point de fondre en larmes.

Wulf lui fit signe de s'asseoir.

— Attends. Continuons de parler, veux-tu ?

Rae se laissa retomber sur la chaise et serra son sac devant elle comme un ours en peluche. Il ne lui donnerait sûrement pas une autre chance. Il devait être plus intelligent que ça.

Le regard de Wulf était très sérieux, très pro.

— Veux-tu être une dominatrice chez nous ?

— Oui, dit Rae et, pour la première fois, elle le pensait vraiment.

Elle voulait rester à la fac, elle voulait faire les choses débridées qu'elle avait vues sur le questionnaire et pour on se sait quelle raison, elle voulait satisfaire Wulf plutôt que de le décevoir.

Non, en fait elle savait très bien pourquoi, et elle se serait menti si elle ne l'avait pas admis. Elle voulait qu'il l'aime. Elle voulait qu'il pense qu'elle était forte, intelligente et, oui, sexy, car elle pensait qu'il était tout ça lui-même.

— Nous pourrions essayer les cours particuliers, proposa-t-il.

— Pardon ? Cela lui échappa avant qu'elle ne puisse se retenir.

— Des cours particuliers avec moi, pour que tu comprennes les techniques BDSM.[1]

Elle pourrait faire des recherches sur cet acronyme BDSM, quand elle rentrerait au dortoir.

— D'accord.

— Tu n'es pas obligée de faire ça. Nous pourrions trouver un moyen pour que tu restes à la fac. Un prêt, peut-être ?

— Je sais. Mais j'ai envie. Je veux apprendre.

Elle n'ajouta pas, *avec toi,* mais les mots sortirent pratiquement tout seuls.

— Très bien, dit-il. Nous pouvons commencer maintenant.

— Maintenant ?

Elle aurait vraiment espéré pouvoir chercher cet acronyme avant.

— Tu as un rendez-vous quelque part ?

— Non, c'est juste, euh, elle écarta les mains en signe de défaite, mieux que je ne l'avais espéré.

— Très bien. Je suis content. Il contourna le bureau et lui tendit la main. Je vais nous trouver une belle salle de jeux, bien calme.

Cette fois-ci, son sourire était plus éclatant et une lueur malicieuse illuminait ses yeux.

SALLE DE JEUX NUMÉRO 2

Rae se tenait au centre du cachot. Elle attendait Wulf.

La salle de jeux numéro 2 était un autre cachot sombre de style inquisition espagnole, bourré de meubles biscornus et de fausses bougies scintillantes. Le parfum d'ambiance à la lavande recouvrait l'odeur prononcée du nettoyant pour cuir.

Il lui avait pris ses chaussures quand il l'avait laissée là, et le carrelage rugueux lui glaçait les pieds. Les équipements pendaient au-dessus d'elle, comme une menace. Sous l'Inquisition on enfermait des personnes dans des cellules, avec les instruments de leur torture imminente, afin qu'elles puissent parfaitement imaginer ce qui allait leur arriver.

Elle n'en savait pas assez pour imaginer précisément la chose. Il pourrait l'attacher debout au rack contre le mur ou aux anneaux de fer au sol.

Les lanières de cuir, les cannes et les fouets aux allures de cobra étaient prêts. Un de ces fouets avait laissé ses marques sur le dos de Glenda. Elle avait dû être attachée à des barres, des racks ou des meubles comme ceux-ci, pendant que quelqu'un la fouettait.

Rae attendit quelques minutes de plus, regrettant de ne pas avoir son téléphone pour passer le temps, mais Wulf l'avait également pris.

La porte s'ouvrit et il entra. Il avait enlevé sa veste de costume et sa cravate et il avait retroussé les manches de sa chemise blanche jusqu'aux coudes, suggérant qu'il était prêt à travailler dur. Ses avant-bras laissaient voir des muscles noueux. Même le petit V de son col de chemise ouvert révélait des renflements de muscles de part et d'autre de son cou. Il n'avait pas enlevé sa veste ou sa chemise la nuit dernière. Elle n'avait pas vu ses bras, ni son torse, ni ses jambes. Son corps était toujours un mystère pour elle, mais s'il ressemblait à ses avant-bras, il était sacrément balèze.

Aucun de ses copains précédents n'avait été balèze. Elle avait envie de savoir si ses muscles ondulaient sous sa chemise, juste pour voir.

Il fit un geste vers le plafond, où Rae remarqua un globe noir et brillant suspendu au milieu des briques brutes, puis il fendit l'air avec une main, indiquant qu'il fallait couper quelque chose. Avait-il désactivé la diffusion de la vidéo surveillance censée la protéger ?

Wulf se dirigea vers elle, puis commença à lui tourner autour en la détaillant de la tête aux pieds. Au début, elle le suivit du regard, mais il dit :

— Ne bouge pas.

Rae fixa la lourde porte noire pendant que Wulf l'inspectait comme si elle était un morceau de viande. Des tremblements commencèrent dans sa jambe gauche.

Elle sentit de l'air chaud sur sa nuque. Rae réalisa

que Wulf devait se tenir très près derrière elle, la touchant presque.

— J'aime tes cheveux, dit-il en retirant les épingles et le chouchou de son chignon.

Ses cheveux lui tombèrent sur les épaules, formant des boucles après avoir été étroitement enroulés. Son mal de tête se calma.

— C'est mieux, dit-il en soulevant ses boucles.

Elle se sentait tellement mieux d'avoir les cheveux lâchés, et les boucles effleurèrent la peau de sa nuque.

Wulf lui murmura à l'oreille :

— D'abord, quelle est ton code en cas d'urgence ?

— Euh, je ne sais pas. Rae pouvait à peine se concentrer sur autre chose que ses mains qui tenaient ses cheveux et son souffle qui réchauffait son oreille et son cou.

— Tu n'en as pas choisi. Ce n'est pas dans ton dossier.

Rae aurait dû remarquer le mot de passe d'urgence de Timide dans son dossier. C'est pourquoi Wulf lui avait tendu le dossier et qu'il avait été surpris de constater qu'elle en avait lu assez peu.

— Et Macbeth ?

— Parfait. Macbeth sera ton code. La première règle pour une dominatrice dans notre établissement c'est de ne jamais avoir de relations sexuelles avec le client. Les hommes ne peuvent pas se soumettre alors qu'ils baisent quelqu'un. Un homme se sent immédiatement dominant quand il baise, peu importe s'il est ligoté.

Donc, il n'allait pas coucher avec elle. Son appréhension se transforma en déception plutôt qu'en soulagement.

Une de ses mains glissa le long de ses cheveux et lui

caressa l'épaule. Elle ferma les yeux, le sentant si proche.

« Cependant, comme je suis Le Dom et que tu es la soumise dans cette scène que nous jouons, nous pouvons le faire, si tu le souhaites, si tu y consens. »

Rae ne faisait pas confiance à sa voix. Sa bouche était si proche de son oreille et de son cou. Son envie de le toucher bataillait avec le dégoût de savoir qu'il la considérait littéralement comme une putain.

Zut, elle voulait le goûter à nouveau. Elle voulait sentir ses mains sur elle.

Elle ne savait pas quoi répondre.

A la fac, elle avait eu des relations sexuelles pour de nombreuses raisons, soit parce que c'était normal au bout du troisième soir ou parce que cela lui semblait une bonne idée à ce moment-là, mais cette fois, le désir bouillonnait dans son corps, il était particulier et ciblé. Elle le voulait *lui* et elle voulait *le* toucher.

«Je te toucherai un peu partout», continua-t-il. Il caressa son t-shirt noir par-dessus ses côtes puis il prit sa poitrine en coupe à travers le soutien-gorge. «Je prendrai le contrôle sur toi. Tu devras te soumettre à ce que je veux. Tu veux ajouter du sexe à tout ça ? Parfois, cela peut devenir irrésistible. »

Il passa ses pouces sur ses mamelons, les pinçant presque par-dessus ses vêtements.

Sa respiration poussa ses seins plus en avant dans ses mains et elle n'arrivait pas à parler, alors elle hocha la tête. Oui, elle le voulait. Après la nuit dernière, elle était restée sur sa faim. De petits orgasmes de contre-coup la parcouraient encore quand elle pensait à lui en train de se faire baiser contre le mur.

— Est-ce que tu te soumets à moi ? lui demanda-t-il.

Les mains de Wulf sur ses seins retenaient toute son attention. Il la taquina, passant ses pouces sur ses mamelons, qui durcirent sous son contact.

— Tu dois dire oui, murmura-t-il à son oreille.

— Oui, dit-elle dans un souffle.

— Oui, quoi ?

— Oui, je me soumets.

Ses mais descendirent sur son ventre et il le pressa à travers son tailleur.

— Tu dois m'appeler Monsieur ou Maître ici. C'est une erreur que tu as faite avec Setter irlandais. Il ne s'est pas adressé à toi correctement. Tu aurais dû le punir pour cette infraction. Il te suppliait implicitement d'appliquer les règles.

L'appeler Monsieur rappelait son enfance à Rae, quand ses parents s'assuraient qu'elle appelle tous les adultes Monsieur ou Madame. Elle n'avait pas envie de se sentir comme une enfant.

— Oui, Maître.

— Excellent. Il l'attrapa par la taille et plaqua ses fesses contre son bassin. Elle eut un hoquet de surprise. A travers les vêtements, son érection était comme un bâton rigide contre son cul. « Enlevons un peu de ces vêtements. »

Il se recula et lui ôta sa veste de tailleur et son tee-shirt noir, de sorte qu'il ne lui restait plus que son soutien-gorge et sa jupe, et sa culotte bien sûr. Le cachot, ou salle de jeux comme il l'appelait, était plus froid qu'elle ne le pensait et ses mamelons se resserrèrent sous la dentelle noire de son soutien-gorge.

Wulf la contourna de nouveau. Rae détourna les yeux, honteuse, comme toutes les femmes ont honte de *quelque chose* concernant leur corps, même si elles le cachent sous une certaine bravoure.

— Non, non, dit Wulf. Lève les yeux. Je ne t'ai pas donné la permission de détourner le regard.

Rae se ressaisit en regardant la porte. Elle rejeta les épaules en arrière pour faire sortir ses seins.

— Parfait. Tu ferais une belle soumise assise à mes pieds, avec uniquement un collier en or.

Le visage de Rae s'empourpra à cette image d'elle-même.

Wulf ricana, se moquant d'elle.

— Tu *ferais* une belle soumise toute nue. Avec les seins que tu as. Il fit courir la cravache autour du renflement recouvert de dentelle. De nouveau, la cravache était apparue dans sa main. *Est-ce qu'il les avait dans ses manches ?* Ils sont beaux. Magnifique. Les cacher devrait être puni.

Il mit sa cravache sous son bras et soupesa à nouveau ses deux seins, rappelant à Rae la nuit dernière, quand il les avait sucés comme s'il avait voulu les manger. « Un de ces jours, nous discuterons plus longuement de tes seins, avec force détails succulents. » Il les abandonna doucement, peut-être à contrecœur.

« Aujourd'hui c'est une leçon, on n'a pas le temps de jouer, dit-il comme s'il se le rappelait. Sa main appuya sur son épaule et ses genoux flanchèrent. A genoux. »

Rae se laissa tomber à genoux, embarrassée tant elle se sentait gauche. Elle se tenait à genoux, comme quand elle priait à l'église et posait ses bras sur le dos du banc devant elle. « Non, dit Wulf, en arrière. Il posa la cravache sur sa poitrine et la poussa vers l'arrière. Ses fesses reposèrent sur ses talons. C'est mieux. »

Rae leva les yeux vers lui, qui se tenait au-dessus d'elle. Son pantalon bleu marine avec sa boucle de ceinture en argent la dépassait tellement. Sa chemise blanche était plaquée sur ses abdominaux et son regard sévère était encore plus haut, loin au-dessus des renflements de ses pectoraux. Les soumis se sentaient impuissants à genoux comme ça. Pourquoi est-ce que ces gens aimaient-ils tant être sans défense ?

Avec la pointe de sa chaussure, Wulf écarta les genoux de Rae, étira sa jupe pour exposer son entre-jambe. « Encore mieux. C'est la position de soumission de base. C'est ainsi que les soumis doivent être lorsqu'ils attendent les ordres de leur dominateur. Tu comprends ? »

Rae hocha la tête. Le carrelage lui égratignait les genoux et le dessus des pieds. L'air froid du cachot refroidissait sa culotte et elle se rendit compte qu'elle était humide. Son corps répondait à Wulf même si cette soumission lui faisait peur.

«En général, commencer une session dans la position du soumis permet à celui-ci de se détendre et de perdre le contrôle. À ce moment-là, tu peux les laisser et aller choisir ton équipement.» Wulf se dirigea vers le meuble vitré, derrière Rae, et le verre crissa lorsqu'il ouvrit les portes du meuble.

Rae regarda le bois noir et sculpté de la porte, sa seule issue, et attendit.

Elle essaya d'entendre ce qu'il faisait derrière elle. Elle essaya de voir du coin de l'œil, mais elle comprit qu'il n'était pas permis de tourner la tête et qu'elle ne pouvait donc pas voir en quoi consistaient ces frottements de métal sur bois.

Wulf fredonna comme s'il hésitait sur quelque chose.

Il ne choisissait pas de la crème glacée au chocolat ou à la vanille. Il choisissait une arme pour la battre. Elle aurait aimé qu'il se dépêche.

Un bruit comme une gifle résonna sur les murs. Elle entendit un autre bruit de claquement dans les airs, plus aigu et plus net cette fois, puis quelque chose qui ressemblait à des mains qu'on agiterait.

Rae voulait lui crier dessus qu'il se magne de choisir quelque chose pour qu'elle puisse arrêter de craindre quel foutu fouet qu'il allait choisir.

Oh, et Rae comprit un peu mieux. Le suspense était bon pour les soumis. Il le faisait *exprès*. Malgré toute sa nervosité à l'idée de se trouver dans ce cachot avec un Wulf qui maniait le fouet, elle commençait à comprendre le travail de dominatrice : maintenir son client sur des charbons ardents jusqu'à ce qu'on commence à le frapper avec des fouets.

Chlac, et Rae reconnut ce bruit d'après des films qu'elle avait vus. Seul un fouet fendait l'air comme ça.

Cette porte pourrait bien être fermée. Même si elle partait en courant, elle pourrait ne pas être en mesure de s'échapper.

Chlac, et un autre coup de fouet fendit l'air juste au-dessus de sa tête. Elle se recroquevilla. Doux Jésus, il allait utiliser le fouet sur elle comme elle avait failli le faire avec Timide.

Derrière elle, Wulf dit :

« Peut-être pas celui-là. »

Rae s'affaissa, soulagée.

« Ne t'avachis pas ! Ça n'est pas séduisant chez les soumis. »

Elle se redressa et rejeta ses épaules en arrière, poussant ses seins en avant.

« C'est mieux ».

On entendit soudain de la musique classique, quelque chose avec des violons. Rae ne savait pas qu'il y avait des haut-parleurs dans les murs. De la musique de chambre. Pour chambre des tortures. Musique de chambre pour douleurs et châtiments.

Elle entendit ses pas sur les dalles. Il portait toujours ses chaussures.

« Mets-toi debout ! »

Elle se releva et faillit gémir quand le sang circula à nouveau dans ses pieds froids.

« Viens. Mets-toi là. » Wulf était à côté et un peu derrière elle, elle ne pouvait toujours pas voir le fouet qu'il tenait. Il désigna un cadre en bois qui était plus haut qu'elle.

Elle se mit devant et se tourna pour lui faire face. Wulf tenait dans sa main un long fouet avec beaucoup de queues. Ses nerfs étaient à nouveau en pelote elle n'arrivait pas à reprendre son souffle en regardant cette chose menaçante.

« Non, dit-il. Tourne-toi »

— Je ne veux pas que ça fasse mal, Maître, lâcha Rae, honteuse d'admettre qu'elle ne voulait pas prendre part à ce que tout le monde semblait aimer ici, mais ce fouet la faisait paniquer.

— Une soumise ambivalente qui consent malgré tout, dit Wulf d'un ton amusé. Il lui caressa le visage alors qu'elle le regardait. Tu me fascines, Reagan. Je pourrais jouer avec toi pendant des heures. Sa main s'abaissa, soulignant ses seins, et sa paume glissa le long de ses côtes jusqu'à la ceinture de sa jupe. Retourne-toi.

Elle lui tourna le dos et retint son souffle, essayant de rester calme. Derrière le cadre si proche, les pierres sur le mur semblaient artificielles. Les pierres avaient toutes des formes similaires à cinq angles.

«On peut enlever ça aussi.» Wulf dégrafa son soutien-gorge. La dentelle glissa le long de ses bras et tomba sur ses pieds nus. Ses seins se balancèrent librement et elle résista à l'envie de se couvrir avec ses bras pour les cacher. La honte était tellement ancrée dans sa tête que cela semblait inévitable.

Wulf se remit à nouveau derrière elle et ses mains touchèrent son corps, d'abord doucement, puis de manière plus appuyée et il la caressa. Une touche d'aftershave comme une odeur de thé à la cannelle et de draps propres émanaient de l'intérieur de sa chemise quand il bougeait. Il lui massa les épaules et les bras, soulageant la terrible tension qui régnait à cet endroit, mais ses mains revenaient sans cesse vers ses seins pour les soupeser et frotter les bouts avec ses pouces. Sa respiration se bloquait à chaque fois qu'il faisait ça, et elle voulait s'appuyer contre lui pour pouvoir sentir à nouveau sa queue contre son cul, mais cela pourrait enfreindre les règles et ensuite, il pourrait la fouetter.

La respiration de Wulf s'accéléra près de son oreille. «Pour la plupart de nos clients, la douleur et le plaisir sont devenus inextricables. Les deux sont bons.» Il embrassa son épaule nue et sa peau se plissa à l'endroit où ses lèvres s'étaient posées. Il la mordilla et lui pinça le cou. L'étincelle de douleur saisit Rae par surprise, mais dès que le pincement sur son cou se fit sentir, Wulf pinça plus fort ses mamelons et elle haleta deux fois, sous le choc. Quand il la relâcha, une vague de plaisir envahit son corps.

Il passa ses mains sur ses flancs, caressant sa peau, de ses côtes jusqu'à ses seins. Le dessous de ses seins chatouillait quand il les caressait.

« Tout comme certaines personnes aiment la nourriture épicée. »

Rae hocha la tête. Elle pouvait comprendre l'attirance pour les sauces qui arrachaient.

Ses mains sur sa peau l'apaisaient, tout en lui donnant encore plus envie de lui et ses paumes qui glissaient sur son corps étaient si fascinantes qu'elle n'arrivait pas à se concentrer sur autre chose.

Il leva les bras de Rae en l'air. Son corps se balançait contre ses mains au son du violon comme s'ils valsaient.

Wulf dit :

«Ah, alors tu comprends. Pourquoi les gens mangent-ils des aliments qui leur font mal ? »

Rae passa les mains sur le bois poli du cadre et elle répondit sans réfléchir.

— Parce que ça fait du bien quand ça brûle, Maître.

— Oui, c'est ça, murmura Wulf.

Les doigts de Rae trouvèrent des poignées en métal froid sur le cadre en bois.

— Tiens-les, dit-il.

Rae agrippa les poignées même si la terreur lui tordait l'estomac. Wulf passa la main sur ses bras, autour de ses seins et sur ses côtes, comme si sa peau lui appartenait. Rae voulait se retourner et l'embrasser, mais elle tint les poignées et ne bougea pas. Son cœur faisait des bonds dans sa poitrine à chaque fois qu'il lui caressait les seins et son clitoris palpitait.

— Si tu as à faire avec des soumis expérimentés tu peux leur dire de s'accrocher et de ne pas lâcher. Cela demande plus d'effort de volonté de leur part, de ne pas lâcher la barre peu importe ce que tu leur fais. Cela les conduit plus loin dans la soumission.

Wulf fit un pas de côtés. Quand ses mains quittèrent son corps, les genoux affaiblis de Rae cédèrent presque.

«Cependant, avec des soumis inexpérimentés il est

préférable d'utiliser des liens. Ils se sentent ligotés et impuissants, c'est exactement ce qu'ils veulent ressentir. »

Wulf enroula de solides lanières de cuir autour de l'un des poignets de Rae et l'attacha au cadre. Il glissa son doigt entre les liens et sa peau, s'assurant qu'ils n'étaient pas trop serrés. Sa peau était si sensible à cause de ses caresses que même ces liens solides la chatouillaient.

Elle venait de perdre la dernière occasion de se libérer et de partir en courant.

Wulf attacha son autre poignet au cadre.

«Il ne faut pas couper la circulation sanguine, mais les soumis doivent se sentir impuissants. S'ils savent qu'ils n'ont pas le choix, dans ce qu'on leur fait subir, ils se sentent en sécurité. »

Rae ne se sentait pas du tout en sécurité. Etre attachée, pour qu'il puisse lui faire tout ce qu'il voulait, la faisait se sentir plus vulnérable et impuissante qu'elle ne l'avait jamais été dans sa vie. Une étincelle d'excitation s'enflamma à l'idée qu'elle ne pourrait pas l'empêcher d'avoir des relations sexuelles avec elle, ce à quoi elle avait pensé toute la journée.

L'impuissance et l'envie lui faisait perdre la tête et la malmenaient tellement que les larmes embuèrent ses yeux.

— Est-ce qu'ils pleurent parfois ? demanda Rae.

Une douleur vive comme un couteau lui traversa le dos et elle en eut le souffle coupé. Sa paranoïa inutile et trop tardive sonna l'alarme.

— Tu ne dois pas oublier de m'appeler Maître, dit Wulf. Son ton désinvolte semblait vouloir faire oublier qu'il venait de la frapper avec la cravache.

— Oui, Maître. Rae cligna des yeux pour effacer

les larmes qui perlaient car, avec ses mains liées, elle ne pouvait pas les essuyer. Je voulais juste savoir, Maître, est-ce que les soumis pleurent ?

Il se rapprocha de nouveau, son torse effleurant son dos quand elle respirait.

— Parfois, oui, murmura-t-il à son oreille. Tu apprendras à distinguer ce que cela signifie quand un soumis pleure. Certains pleurent facilement, souvent dès le premier coup, mais leurs larmes ont peu de sens. C'est pour l'effet, ça fait partie du jeu. Quand ils se lamentent, cela semble faux. Ils ont besoin que tu sois plus sévère, pour pousser le jeu encore plus loin. Si tu peux repousser leurs limites, ils deviendront ton esclave volontaire. Curtis est l'un de ceux-là.

Rae hocha la tête. Ses yeux retinrent les larmes, mais la zébrure dans son dos lui cuisait toujours.

— Pour certains soumis, la salle de jeux pourrait être le seul endroit dans leur vie où ils peuvent se laisser aller à pleurer. Ces pleurs sont différents, plus déchirants, mais il faut les amener au point où ils peuvent tout lâcher. Ensuite, ils ont besoin d'être apaisés.

Elle hocha la tête, essayant de réfléchir davantage à ce qu'il disait qu'à la douleur qui persistait dans son dos. Elle pourrait avoir davantage besoin de ses cours de psychologie que de ses cours de théâtre ici.

« Cependant, les nouveaux soumis doivent être convaincus. Wulf caressa si doucement sa cage thoracique qu'elle se demanda s'il utilisait une plume, mais ses doigts étaient chauds sur sa peau. J'aurais honte de moi si je te faisais pleurer. »

— Je ne pleurerai pas, Maître.

— Oui, ma dominatrice née, je sais.

Il lui massa le cou et elle laissa tomber sa tête en

avant, s'abandonnant à son toucher. Il appuya davantage ses caresses, libérant des nœuds, que de longues heures de frappe sur son ordi avaient occasionnées entre ses omoplates.

«La douleur et le plaisir s'inscrivent dans un continuum. Les nouveaux soumis ont besoin de plaisir. Ses mains lissèrent la peau autour de sa taille et il revint à nouveau à sa poitrine. Surtout de plaisir. Il passa ses pouces autour de ses mamelons. Ses bouts se resserrèrent à nouveau tandis que le reste de son corps se détendait. Il s'avança et appuya son corps contre elle, et sa chemise ranima la brûlure cuisante dans son dos. On leur fait des choses qui leur font du bien, la plus part du temps. Des choses qu'ils aimeront. »

Sa voix s'était adoucie parce qu'il murmurait juste à côté d'elle et ses lèvres chaudes lui caressaient l'oreille tandis que ses mains glissaient le long de ses hanches. Elle se balança contre lui sur la douce musique classique, perdue dans la sensation de ses mains sur sa peau. Il caressa ses fesses à travers le tissu de sa jupe et les empoigna à pleine mains. Son massage acquit un rythme semblable à celui des vagues, travaillant sa chair et son corps et elle bougea en rythme contre lui.

«Mais parfois, dit-il, quand ils veulent plus de plaisir, quand ils *s'attendent* à plus de plaisir, on fait quelque chose qui leur fait peur, qui leur fait prendre conscience qu'ils sont à notre merci. »

Wulf fit passer sa jupe autour de sa taille et attrapa sa culotte. La dentelle lui égratigna la peau quand il la tira jusqu'aux chevilles. Il attrapa à nouveau ses seins, prit les mamelons entre ses pouces et ses doigts et les pinça.

Rae, presque nue et sans défense, tira sur ses liens, mais ils ne bougèrent pas. Sa peau lui brûlait et les doigts qui lui pinçaient les seins lui faisaient mal tout en allumant le désir dans ses reins. Elle voulait se retourner, l'attraper et lui enlever ses vêtements, mais elle ne pouvait pas.

Il dit d'une voix plus grave :

— Dégage la culotte de tes chevilles.

— Maître, elle était à bout de souffle parce que ses doigts tenaient ses mamelons si fermement que le moindre pincement supplémentaire lui causerait une pointe de douleur, et si quelqu'un dit son mot de passe pour les cas d'urgence.

— Alors tout s'arrête, gronda-t-il à son oreille, comme s'il était en colère contre elle d'avoir parlé de ça. J'enlève ces nœuds coulants sur tes poignets et nous quittons la salle de jeux. Nous discutons à l'extérieur de ce qui ne s'est pas bien passé. Nos jeux sont terminés pour la journée, si tu dis le mot prévu en cas d'urgence.

Même si elle avait peur des fouets et de ce qu'il allait lui faire, ses mains sur ses seins l'empoignaient avec juste assez de force pour qu'elle ait envie qu'il continue à la toucher, à la caresser comme il l'avait fait.

— Je ne le dirai pas, Maître.

— Bien. Maintenant, vire-moi cette culotte.

Rae fit glisser la culotte soyeuse hors de ses chevilles et la repoussa d'un coup de pied. Un filet chaud s'échappa de sa chatte. Elle avait peut-être peur de ce qu'il allait lui faire, mais son corps le désirait.

Il lui écarta les pieds avec sa chaussure et les lèvres gonflées de sa chatte se séparèrent. Elle se tenait là, les jambes écartées, et elle voulait les refermer car elle se sentait trop vulnérable.

Ses mains se firent plus douces sur ses seins et il recommença à la caresser. Il l'attira à lui, et il lissa sa peau et massa des muscles dans son dos et ses épaules qu'elle ne savait pas si tendus. Ses mains parcoururent tout son corps, la caressant des doigts jusqu'aux genoux.

À chaque passage sur tout son corps, ses doigts effleuraient son sexe et faisaient mine de s'enfoncer dans ses plis humides puis repartaient. Son clitoris commença à pulser en rythme avec les battements de son cœur. Ses mains remontèrent à sa poitrine, entourèrent ses mamelons, redescendirent le long de son estomac jusqu'à son nombril, passèrent sur son pubis, ralentirent, s'arrêtèrent puis ses doigts s'écartèrent sans glisser vers l'intérieur.

L'excitation sexuelle lui nouait le ventre.

Il se baissa un instant, passant ses mains sur une cuisse et un mollet, puis remonta le long de l'intérieur de sa cuisse. Rae pensa qu'il allait monter plus haut et glisser ses doigts en elle mais il n'en fit rien. Il descendit le long de son autre jambe, lui tint la cheville pendant un moment, puis remonta en caressant sa peau, et il lui toucha presque à nouveau la chatte mais sa main s'écarta et se posa sur sa fesse nue.

Il se tenait derrière elle et recula ses hanches. Sa bite dure pressa à nouveau contre son cul, à travers le pantalon.

Rae voulu ajuster sa jambe, mais sa cheville ne bougea pas.

Elle baissa les yeux, surprise.

Il lui avait attaché les chevilles au cadre, si rapidement qu'elle ne l'avait pas senti le faire.

Elle lutta encore une fois contre les lanières de cuir et il gloussa à la voir faire.

«Tu peux crier si tu veux. Les salles de jeux ont été

insonorisées, même si je pense parfois que les micros seraient meilleurs pour les affaires. »

Rae ne cria pas mais gémit, laissant la peur prendre le dessus. Elle voulait partir. Elle ne savait pas ce qu'il allait faire, mais alors qu'elle ouvrait la bouche pour dire *Macbeth*, ses mains se posèrent de nouveau sur ses seins, les palpèrent doucement, et des spirales de plaisir l'entourèrent, même si elle avait peur. Elle laissa sa tête retomber sur l'épaule de Wulf.

Il la manipulait comme si elle lui appartenait, cherchant tous les points sensibles sur son cou et ses fesses et les taquinant jusqu'à ce qu'elle soit si excitée que ses moindres gestes la fassent frémir.

Finalement, juste au moment où elle pensait qu'il ne le ferait jamais, alors que son corps tremblait de frustration, il frotta les lèvres de sa chatte du bout des doigts.

Elle avait oublié qu'elle était attachée et elle voulut mettre ses bras autour de son cou pour le serrer contre elle, mais les lanières de cuir la retenaient prisonnière.

Sa main quitta sa chatte et il palpa à nouveau ses seins, en lui taquinant les bouts. Elle gémit et se cambra en essayant de pousser ses seins dans ses mains. S'il ne voulait pas caresser son clitoris, elle voulait au moins qu'il attrape ses seins jusqu'à ce que ça lui fasse mal.

Sa respiration était devenue irrégulière, comme s'il était sur le point de perdre le contrôle sur lui-même. Son souffle sur son cou la rendait folle d'envie qu'il la touche en bas, qu'il la caresse jusqu'à ce qu'elle jouisse.

Il caressa à nouveau son pubis, comme pour la taquiner. Elle voulait se frotter contre sa main, la forcer à l'intérieur d'elle, mais elle ne pouvait pas bouger. S'il l'avait déliée à ce moment-là, elle aurait sauté sur lui et lui aurait enlevé son pantalon. Elle tenait les poignées froides en métal, se tortillant inutilement, essayant d'enfoncer sa main plus loin dans ses plis.

Sa main quitta son sexe et elle pensa qu'elle allait sangloter de frustration. Elle gémit et il pressa une dernière fois ses mains plus fort contre son corps.

Il s'éloigna et Rae s'accrocha aux poignées, folle de désir.

— Pourquoi, Maître ? demanda-t-elle et elle fut surprise d'entendre comme sa voix était rauque.

Soudain une brûlure envahit son dos.

Elle haleta et sa peau enregistra la morsure du fouet, telle neuf lignes de plaisir torride, comme s'il lui frottait le dos plus fort et plus durement. Le fouet cingla à nouveau sur son dos et son cul et les morsures firent contracter les bouts de ses seins et sa chatte à un point tel qu'elle pensait qu'elle allait jouir. Son souffle rauque s'accéléra.

Le fouet heurta le sol et il se retrouva derrière elle, poussant ses hanches contre elle. Le fouet avait laissé la peau à vif sur son dos, et ses vêtements l'écorchèrent là où le fouet l'avait mordue. Son corps était tellement préparé à tout ressentir comme du plaisir qu'elle en eut le souffle coupé et se poussa contre lui, voulant que ça lui fasse encore plus mal, parce que c'était bon tellement ça brûlait.

Il attrapa l'un de ses seins et frotta le mamelon avec son pouce. Il posa un doigt sur son pubis, puis lentement, lentement, plongea son doigt frais dans la douceur des plis.

Rae ne pouvait ni respirer ni bouger. Son attention était rivée sur cette douce invasion qu'elle était incapable d'empêcher.

Une petite partie de son esprit — une très petite

partie, qui n'était pas consumée par la façon dont ce doigt si doux avait pénétré les plis de sa chatte et dont cet autre doigt lui caressait le bout du sein — oublia la peur de ce qu'il pourrait lui faire. Elle voulait qu'il lui fasse des choses, n'importe quoi et elle ne voulait pas l'arrêter parce que l'envie, le désir et la faim qu'elle avait de lui l'emportaient finalement sur sa peur.

Son doigt atteignit son clitoris et elle gémit, se cambrant pour pousser son cul contre lui.

«À ce moment-là, murmura-t-il à son oreille, si tu étais une soumise expérimentée et que nous jouions, je pourrais te faire toutes sortes de choses. Je pourrais te fouetter fort. Je pourrais te prendre avec un sex toy, pour te refuser mon corps. Quoi que je fasse, ce serait toujours un peu différent, ou un peu plus, que ce que tu souhaiterais. »

Sa main laissa son mamelon pendant un moment alors que son autre main caressait toujours son clitoris échauffé, envoyant du plaisir dans sa chatte et ses reins, et il abaissa la fermeture Eclair de son pantalon. Sa queue alla cogner contre le cul de Rae, mais il se dégagea brusquement.

Un bruit de papier qu'on déchire.

Sa voix était si basse qu'elle l'entendit à peine dire : «Mais nous avons convenu que tu voulais cela et je ne peux pas te résister. »

Ses doigts écartèrent sa chatte grande ouverte et sa queue glissa dans son vagin humide.

La secousse de sa poussée en elle lui fit incliner le buste aussi loin que les liens et sa queue le lui permettaient. Elle n'avait jamais imaginé que la soumission lui procurerait tant de plaisir. Il fit des cercles avec son doigt autour de son clitoris pendant que sa queue la pénétrait par derrière, la caressant à l'intérieur. Son autre bras était serré autour de sa taille pour qu'elle ne puisse pas bouger les hanches et ne puisse certainement pas s'échapper.

« Mon Dieu, qu'est-ce que tu es mouillée, » grogna-t-il dans son cou alors qu'il enfonçait sa queue en elle.

Son membre était énorme et étirait la peau douce en elle. Des filets chauds coulaient le long de ses cuisses. Elle voulait repousser les fesses, elle voulait le sentir encore plus, mais ses poignets et ses chevilles attachés et son bras solide autour de sa taille l'emprisonnaient. Elle voulait l'attraper et l'enfoncer plus profondément en elle, mais elle ne pouvait pas bouger. Il la caressait doucement à l'intérieur et son doigt glissait autour de son clitoris, frottant sur les bords mais sans faire exploser le plaisir comme elle en brûlait d'envie. Des vagues de plaisir lui parcouraient le corps, mais elle ne pouvait pas jouir. Elle se crispa, contracta sa chatte autour de sa queue et essaya de le faire jouir pour qu'il la pilonne violemment.

Wulf agrippa sa taille plus fermement avec son bras, et lui fit faire des mouvements de va et vient sur sa queue.

Sa chatte se contracta plus fort, prête. Elle se pencha en avant, essayant de plaquer son doigt contre son clitoris et de se presser plus fort contre son membre.

Il relâcha sa taille et la poussa en avant, et son doigt trouva enfin — *enfin !* son clitoris enflammé.

Rae attrapa les poignées aussi fort qu'elle le pouvait et les serra alors que toute cette folie, toute cette frustration, tout le plaisir noué éclatait dans sa chatte et remontait comme une fusée le long de sa colonne vertébrale jusqu'à sa tête. Elle cria «Oui !» Alors que les vagues pulsaient à travers elle, la rendant aveugle à tout sauf à sa queue qui caressait sa fente et à sa main qui lui procurait des vagues d'extase.

Wulf grogna et rejeta la tête en arrière. Il la retint là, les membres attachés au cadre et empalée sur sa bite dure alors qu'il se frottait contre elle, haletant en jouissant.

Il respira fort pendant un moment et la tint contre lui. Rae avait le souffle coupé, et essayait de se tenir debout alors qu'elle ne voulait que s'effondrer sur le sol et trembler. Même la nuit dernière, n'était rien en comparaison à cet orgasme proche de la crise cardiaque.

Wulf passa un bras autour de sa taille, la maintenant sur sa bite encore dure, et tira sur les nœuds coulants pour libérer ses poignets puis ses chevilles.

Elle se laissa tomber contre lui alors que le sang circulait à nouveau dans ses bras et ses jambes tremblantes. Ses bras puissants l'empêchèrent de s'écrouler.

— Oh mon Dieu, dit-elle.

La poitrine de Wulf soulevait et tombait contre son dos parce que sa respiration était également difficile. Sa tête tomba sur son épaule et il l'embrassa distraitement.

— *Oui*, dit-il. *Mon Dieu.*[1]

— Je crois que je ne peux pas bouger.

— Tu n'es pas obligée.

Il tendit la main entre eux et recula ses hanches, glissant sa bite hors d'elle. Elle gémit parce que, même si elle était meurtrie et épuisée, elle aimait sentir sa queue en elle. Il la tenait toujours avec un bras parce que ses jambes tremblaient.

Au bout d'une minute, il se retourna et la prit dans ses bras.

— Oh mon Dieu, dit-elle encore, alors que ses pieds quittaient le sol. Personne n'arrive à me porter. Rae avait presque pris vingt centimètres pendant les années du lycée et, depuis la première, personne n'avait essayé de la hisser dans les airs.

Wulf serra son corps nu contre sa chemise blanche et la porta jusqu'à une chaise où il s'assit.

Il l'installa sur ses genoux et la tint pendant qu'elle tremblait d'épuisement et des suites de l'orgasme. Son cul nu était posé sur son pantalon. Elle dit :

— C'était incroyable.

Il haussa modestement les épaules.

— Une simple introduction.

— Non, je suis sérieuse. C'était génial. Je n'ai jamais fait *ça* avant.

Il éclata de rire.

— Oui, ton formulaire d'embauche était un peu mince !

Elle posa sa main et sa tête sur sa poitrine. Son cœur battait lentement sous l'épaisse couche de muscles. Elle pourrait maintenant cocher trois autres cases sur ce formulaire.

— Quelle était cette chose avec laquelle tu m'as fouettée ? Ça n'a pas fait vraiment mal.

— C'était un chat à neuf queues, mais les queues étaient en daim. Un fouet doux comme ça, c'est plus pour l'effet que pour produire de la douleur. Le terme exact avec un chat à neuf queues c'est flageller, plutôt que fouetter.

— Waouh !

— J'ai bien peur que ta formation avec Le Dom soit devenue une récréation. Il caressa son dos nu. Elle s'étonna que sa chair ne lui pique pas plus quand il passa la main dessus. Il faudra qu'on fasse mieux demain.

— Demain ?

C'était dimanche, et elle devait passer un examen lundi matin. L'épreuve importait peu si elle devait quitter la fac, mais si elle n'était pas obligée de partir et de retourner à Pirtleville, c'était vraiment important. Elle devait avoir ses autres matières si elle voulait obtenir son diplôme.

— Oui, dit-il. Sa voix ferme semblait avoir pris une décision. Tu auras une formation de dominatrice pendant environ une heure.

— Avec toi ? Elle était mortifiée d'entendre tant d'espoir stupide dans sa voix.

— Oui, au début. Sa remarque désinvolte lui donna l'impression qu'il pensait à autre chose. Parfois, je te mettrai aussi avec d'autres dominatrices. Cependant, il la regarda et ses yeux bleus se plissèrent d'amusement, fini la récréation. Nous devons te former, pas te baiser, tout aussi délicieux que cela ait été.

Rae se blottit contre lui, se demandant comment était la formation, puisque ce qu'elle venait de vivre n'en faisait pas vraiment partie. Elle n'avait plus aussi peur que quelques heures plus tôt.

Wulf lui caressa le bras et embrassa son front.

« Rae, il faut qu'on parle de quelque chose d'autre. »

— Ouais ? répondit-elle d'un ton endormi.

— Tu devrais parler de moi avec les autres filles.

Rae n'était plus endormie du tout. Lizzy et Georgie lui avait déjà dit tout ce qu'elle savait, c'est-à-dire peu.

— Pourquoi ?

— Tu devrais savoir comment je suis. Tu ne devrais pas t'attacher à moi.

— Lizzy et Georgie ont dit que tu aimais les femmes, que tu étais *avide* des femmes, que tu aimais être avec des femmes, ensemble.

Wulf se mit à rire cette fois et son torse frôla la tête de Rae.

— En plein dans le mille !

Georgie avait également dit que le Dom pouvait pénétrer dans votre tête et savait ce qu'on voulait, même si on ne le savait pas ou si on ne voulait pas le dire.

L'inquiétude monta chez Rae lorsqu'elle réalisa que Wulf venait justement de faire ça avec elle.

Rae se sentait impuissante d'une manière différente désormais. Être attachée à la barre en bois et baisée par derrière était bien pâle à côté de cette autre vulnérabilité, celle d'avoir été jaugée et qu'il ait su exactement quoi lui faire.

Il ajusta ses bras autour d'elle. Rae sentit que sa queue pointait à nouveau contre son cul à travers son pantalon. Elle remua les fesses, un peu gênée.

— Tu peux te détendre. C'est une réaction naturelle au fait d'avoir une femme nue sur mes genoux. Ça va disparaître dans un moment.

Elle prit une profonde inspiration, ne sachant pas ce qu'elle devait faire, et demanda :

— Que disent-elles d'autre à ton sujet ?

Wulf détourna les yeux et sembla réfléchir un instant. Il lui caressa le bras, lentement, trois fois.

— Que je suis une coquille vide. Parfois, elles disent un costume vide.

La nuit dernière dans la limousine, Georgie avait déclaré que Le Dom était aussi lisse et poli qu'un miroir, tout ce qu'on était, ou voulait, se reflétait sur sa coquille parfaitement lisse.

— C'est vrai ?

Wulf se redressa et regarda vers la porte.

— Excuse-moi, Reagan, mais j'ai des choses à faire. Ses bras se resserrèrent autour d'elle, comme une sorte de câlin, puis il se leva et la posa sur ses pieds instables.

Rae tira sa jupe sur ses hanches, recouvrant son sexe, alors qu'il s'éloignait d'elle. Le reste de ses vêtements était éparpillé dans la salle de jeux. Sa nudité et le fait qu'il l'abandonne se mêlèrent pour produire un tout nouveau type d'impuissance.

Zut, elle se sentait *affreusement* mal.

Wulf fit une pause à côté de la porte.

— Après la salle d'attente, tourne à gauche et tu trouveras un spa pour les dames avec une douche, si tu veux.

Rae doutait qu'il y ait des *dames* à La Maison du Diable. Elle croisa les bras sur ses seins nus pour les cacher et détourna les yeux.

— Reagan ? demanda-t-il.

Elle ne pouvait pas le regarder. La honte et la gêne explosaient en elle et son visage s'empourpra. Elle se sentit stupide à cause de tout ça et elle eut envie de lui hurler dessus.

— Rae. Il revint vers elle et lui prit les épaules. Elle resserra ses bras sur ses seins.

— Qu'est-ce qu'il se passe ?

— Rien, dit-elle. Tout va bien.

Elle préférait se damner que de lui laisser voir qu'elle pleurait.

— Rae. Il prit son menton et leva sa tête pour qu'elle le regarde dans les yeux. Les larmes lui piquaient les yeux. Voici un exemple de formation de dominatrice : un nouveau soumis ne devrait pas pleurer à la fin d'une session. Certains soumis expérimentés, oui, tu peux les briser et les quitter sur le champ, mais pas les nouveaux. Qu'est-ce qui ne va pas ? Je croyais que ça t'avait plu.

Elle ne voulait pas admettre que cela l'avait contrariée de le voir partir et retourner dans son bureau.

— C'est tellement différent de ce que je connais.

Ses bras l'entourèrent, même si les siens couvraient sa poitrine.

— Oui, cet endroit est différent du monde en sucre que tu connais, et je pense que l'expérience d'être une soumise était nouvelle pour toi, non ?

Elle avait l'impression qu'il l'avait rejetée quand il avait pris le chemin de la sortie.

— Est-ce que les gens aiment ce sentiment ?

Wulf leva de nouveau son menton pour regarder dans ses yeux, ce qui semblait toujours étrange pour Rae car elle était habituée à être de la même taille ou plus grande que la plupart des hommes.

— Tu es une dominatrice née, n'est-ce pas ? Son sourire ravi l'embarrassa à nouveau. Tu t'es sentie utilisée, non ?

— Oui !

Elle s'était sentie comme ça et elle n'avait pas aimé, même si la seule pensée d'être à nouveau ligotée et baisée par lui, lui donnait des frissons dans l'entrejambe.

— Alors exprime ton identité de dominatrice. Wulf s'assit sur un banc en cuir clouté et s'inclina, se recroquevillant en une sorte d'exercice d'abdos inversé. Il la regarda avec ses yeux bleus perçants et la surprit en lui faisant un clin d'œil. Voici quelque chose que tu ne devrais jamais faire avec tes soumis.

Il s'allongea et posa son bras sur ses yeux. « Je suis épuisé. » Sa voix s'était élevée, et son accent avait changé : il était passé de l'accent britannique standard avec de légères inflexions germaniques à l'accent britannique parfait, puis comme un mauvais acteur shakespearien avec une pointe de cockney il dit : Tu m'as usé jusqu'à la corde. Il jeta un coup d'œil sous son bras et murmura d'une voix normale : Allez, file maintenant.

Rae se dépêcha d'enfiler ses vêtements — son soutien-gorge était suspendu au-dessus d'une cage de fer — elle redressa ses épaules et sortit de la salle de jeux. Juste avant de fermer la porte, elle dit :

— Sois à l'heure demain.

Elle l'entendit rigoler à travers la porte qui se fermait.

Elle se tenait un peu plus droite de l'autre côté de la porte fermée, dans l'antichambre vide, une autre salle d'attente rouge et noire, et elle sourit à son petit numéro. Peut-être que Wulf avait raison sur le fait qu'elle soit une «dominatrice née».

Rae se rendit compte que, tout comme Georgie l'avait prévenue, Wulf était entré dans sa tête et avait compris qu'elle avait besoin d'un peu d'estime de soi et de reprendre le contrôle pour pouvoir mieux lui revenir.

D'autre part, il ne lui avait rien dit de plus sur lui-même, pas même s'il était oui ou non une coquille vide, dans laquelle on se reflétait, comme Georgie l'avait dit.

Rae l'avait diagnostiqué comme psychopathe d'après ce que Georgie avait décrit quand elles s'étaient rendues à la soirée dans la limousine hier soir. La plupart des psychopathes peuvent vous charmer jusqu'à vous faire baisser le pantalon ou, si nécessaire, vous attacher et vous arracher la culotte.

Le souvenir de ses mains dans sa culotte l'envahit et son clitoris se mit de nouveau à battre.

Mais Wulf avait dit son nom à Rae, son nom complet, même si elle ne pouvait se souvenir que de quelques bribes, et il n'avait jamais dit ne serait-ce que son prénom à Lizzy et Georgie.

Et aujourd'hui, Wulf lui avait dit qu'il venait de Suisse.

Elle s'accrochait à ces deux friandises, mais elle se demandait aussi si c'était vrai et, si elles étaient vraies, elle se demandait s'il lui avait raconté ces choses banales et concrètes, parce qu'il était effectivement une coquille vide et brillante où se reflétait le besoin qu'elle avait de savoir quelque chose sur lui.

En réalité, la seule chose qu'elle savait sur Wulf, c'est qu'il aimait le sexe.

Elle se souvint de ses mains qui couraient sur sa peau et, qu'au moment où elle avait pensé exploser il s'était glissé dans sa chatte et l'avait baisée violemment par derrière. Elle voulait qu'il couche à nouveau avec elle, là, tout de suite sur le sol de la salle d'attente.

Cette fois, le contrecoup de l'orgasme pulsa dans son clitoris et lui envoya des frissons sur tout le corps.

Comme Lizzy à l'arrière de la limousine.

Rae avait besoin de comprendre tout ça. Elle ferait peut être bien de ne pas retourner à La Maison du diable. Ni demain ni jamais.

DES SECRETS SUR SA PEAU

LE PLACARD À COSTUMES

Le dimanche après-midi, en dépit de sa première décision censée, Rae partit en voiture à La Maison du Diable avec Lizzy et Georgie.

À l'avant, les deux filles plissaient les yeux sous le soleil brûlant du désert qui inondait le pare-brise. Elles riaient nerveusement et bavardaient au sujet de leurs clients pendant que Rae se morfondait sur le siège arrière en cuir moelleux, observant les centres commerciaux et les cactus qui défilaient. Les plaques de gravier au milieu de la route transformaient la piste en un épais nuage beige. Les parfums des filles emplissaient l'habitacle, chauffé par la chaleur émanant des vitres et le nez de Rae picotait sous les odeurs de roses fanées et de vanille cuite. Elle le frotta pour faire passer la démangeaison.

Rae s'énervait toute seule sur la bêtise qu'elle avait faite en omettant d'abandonner immédiatement son cours de statistiques, puis sur son échec à survivre à un cours où le professeur n'avait pas un quart de réussite chez ses étudiants. Même si elle réussissait l'examen final elle n'aurait pas plus qu'un F en moyenne générale, donc assister au cours était inutile, c'est pourquoi elle avait cessé d'y aller, ce qui lui semblait un constat d'échec.

Rae ruminait l'idée que le département de psychologie allait lui retirer sa bourse lorsque cet abruti de professeur de statistiques publierait sa mauvaise note. Elle était donc confrontée au choix d'abandonner ses études et de retourner à Pirtleville ou de trouver un sacré paquet de pognon, vite.

Elle était vexée de retourner à Pirtleville, pour entendre sa tante Tracy-Jo, la madame- je-sais-tout, lui rappeler tous les jours qu'elle n'était pas meilleure que les autres pour n'avoir qu'un demi-diplôme universitaire. Même si Rae ne pensait pas qu'elle était « mieux que le reste d'entre eux », sa tante Tracy-Jo pensait qu'elle en était persuadée et lui serinerait ça tous les jours.

Le seul travail qui procurerait suffisamment d'argent à Rae pour payer les frais de scolarité, les livres, les frais d'hébergement et les ramens[1] était La Maison du Diable et cet endroit, ainsi que son Maître, posaient des soucis à Rae.

Dans son sac à main, elle avait encore une autre boîte à bijoux à lui rendre ce matin. Celle-ci était bleu canard et nouée avec un épais ruban blanc, et elle n'avait pas tout de suite cru que les mots *Tiffany & Co.* sur la boîte étaient bien réels. Si ce bracelet était vrai, avec sa triple rangée de pierres incolores serties de métal argenté, il vallait une fortune. Si c'était une imitation, elle était trop tape à l'œil et de bien mauvais goût selon Rae, comme si elle essayait de singer la classe au-dessus, ce qui était insultant à plusieurs niveaux.

À l'extérieur des vitres de la voiture, Rae regardait défiler les magasins pour touristes, qui vendaient des bibelots et des babioles dans les centres commerciaux, tout comme La Maison du Diable vendait des femmes.

Non, Rae était injuste. La Maison du Diable ne vendait pas de femmes. Les femmes et les quelques hommes employés là déclaraient leurs revenus aux impôts en tant que travailleurs indépendants.

La Maison du Diable vendait du sexe.

Même ça c'était injuste. La Maison du Diable vendait un espace pour que des adultes consentants s'attachent, se fouettent, se flagellent et se baisent, et l'argent changeait de mains pour certains de ces services.

Lizzy et Georgie travaillaient librement pour cet endroit avec des clients libres et consentants. Ce n'étaient donc pas des putes, même si elles pouffaient de rire à l'avant de la voiture en parlant de ce client au micro pénis.

La prostitution elle-même soulevait tant de questions. Rae aurait simplement souhaité éteindre son cerveau.

Tante Tracy-Jo hurlerait de joie si elle savait que Rae travaillait ou pourrait bientôt travailler en tant que dominatrice, et elle crierait sur tous les toits des membres de la famille de Rae qu'elle avait trouvé une preuve irréfutable qu'une trop bonne éducation lui avait collé un vice fatal dans le caractère et l'avait conduite à sa damnation éternelle.

Ensuite, personne dans sa famille, même ses parents, ne lui parlerait plus jamais.

Rae devait veiller à cacher son potentiel nouvel emploi à tout le monde, en particulier à Hester.

Hester, la colocataire et cousine de Rae, irait cafarder aux parents de Rae et à sa propre mère, tante Tracy-Jo, si elle voyait un signe d'échec moral chez elle, et La Maison du Diable représentait le summum de la dépravation. Les parents de Rae avaient insisté pour qu'elle loge avec sa cousine afin qu'on ne lui attribue pas une camarade de chambre avec une moralité douteuse ou — doux Jésus — une catholique !

Rae soupira. Une fille pouvait se libérer de son éducation fondamentaliste, mais on ne se libérait pas du lavage de cerveau d'une secte de malades.

Rae croyait s'être si bien débrouillée, en combattant toute cette folie. Elle était allée à l'université et se spécialisait en théâtre et en psychologie, ce que l'église de son enfance aurait jugé comme être une méthode impie pour justifier le péché, et elle avait lentement et prudemment évolué pour mener une vie libre sans la peur, la culpabilité et la honte.

Ou du moins l'avait-elle pensé.

Wulf — car c'était ainsi que le maître de La Maison du Diable s'appelait — avait repoussé les limites de Rae en à peine deux jours, et ses tonnes de bagages psychologiques soigneusement construits s'étaient effondrés tout autour d'elle.

Hier, Il l'avait baisée par derrière alors qu'elle était attachée debout, les jambes écartées, et la veille, elle l'avait baisé le dos contre un mur lors d'une fête. Il avait détruit ses piles mentales de malles paquebot bien rangées, de valises à roulettes émotionnelles et de chariots réutilisables de traumatismes, mais *zut* le simple fait de penser à ces deux contacts avec cet homme lui donnait des frissons.

Lizzy se retourna sur le siège passager pour regarder Rae.

— Alors qu'est-ce que Le Dom t'a dit exactement hier ?

— Quoi ?

Rae n'était pas sortie brusquement de sa rêverie. Elle essayait juste de gagner du temps et, en tant qu'étudiante en psychologie, elle savait qu'une tentative pathétique de le faire ne tromperait personne plus d'une seconde.

Georgie avait prévenu Rae à propos du Dom, comme elles l'appelaient, le décrivant en des termes que Rae utiliserait pour caractériser un psychopathe. Georgie avait traité Wulf de coquille vide qui reflétait ce qu'on voulait voir. Elle ne semblait pas le détester du tout. En fait, elle semblait aimer Le Dom, tout en restant méfiante.

Lizzy avait eu un « rendez-vous » avec Wulf une semaine et demi plus tôt, un rendez-vous où le rapport sexuel avait duré trois heures et dont elle ne voulait pas parler mais qui lui procurait encore de petits orgasmes, une semaine après, rien que d'y penser. Georgie craignait que Lizzy ne tombe amoureuse du Dom et avait insisté pour qu'elle baise quelqu'un d'autre pour s'assurer qu'elle l'oublie.

Avant-hier, Rae avait baisé Wulf avant d'avoir su qu'il était Le Dom pour qui Lizzy craquait imprudemment et maintenant, celle-ci lui demandait de quoi ils avaient parlé.

— Il a été gentil.

Les deux filles à l'avant éclatèrent de rire.

— Oh, oui. Georgie la regarda dans le rétroviseur. Il est *très* gentil !

De nouveau, le malaise resserra la poitrine de Rae.

Lizzy demanda encore :

— Il a dû t'apprécier si tu as eu un entretien hier et que tu y retournes aujourd'hui. Tu travailles aujourd'hui ? T'es embauchée ?

— Je ne pense pas.

— Tu as rempli les formulaires pour les impôts et tout ça ?

— Non.

Lizzy se retourna pour regarder à nouveau le parebrise.

— ça doit être un deuxième entretien, alors. J'en ai eu trois avant qu'il m'engage.

— C'est comment un deuxième entretien ? demanda Rae.

Si Wulf devait la baiser à nouveau, elle devrait le savoir à l'avance. Sa chatte s'échauffait déjà à l'idée de ses doigts en train de masser son clitoris.

— Oh, tu sais, dit Lizzy. Il a posé beaucoup de questions sur mes relations sexuelles. Par la suite, j'ai senti que je n'avais aucun secret pour lui, comme s'il en savait plus sur moi que ma mère, mon premier amant et Dieu réunis.

— Ouais. Georgie hocha la tête en conduisant. Je pense qu'il veille à ce qu'on soit suffisamment en bonne santé psychologique pour y travailler. Une toxicomane ou une nymphomane serait un désastre pour cet endroit.

— Oh, oui ! dit Lizzy. Quelques problèmes œdipiens ça peut aider par contre ! Avec les vieux, je veux dire.

— Tu as couché avec lui pendant ton entretien, lâcha Rae ?

Lizzy se tourna lentement et Georgie regarda Rae

dans le rétroviseur. La surprise illuminait leurs deux visages.

— Non. Et toi ?

Rae ne voulait pas mentir à ses amies mais la gêne s'empara d'elle.

— Non.

— Ah, dit Georgie. Mais tu aimerais bien.

— Non ! protesta Rae, en mentant un peu plus.

Lizzy se mit à rire.

— Ne t'inquiète pas, dit Georgie. Il n'a jamais eu de relations sexuelles avec les filles à moins qu'elles n'aient décidé de l'avoir comme client. Est-ce que Le Dom t'a expliqué tout le système pour s'y inscrire ou pas ?

— On dirait qu'on est une liste de diffusion, dit Lizzy.

— Oui, il m'a expliqué, dit Rae. Est-ce que vous avez accepté ?

— Ouais, répondirent-elles ensemble. C'est un patron avec des avantages, ajouta Lizzy.

— Vraiment ? Rae était choquée qu'elles baisent le patron, surtout Georgie, qui semblait si méfiante avec lui.

Georgie répondit :

— Bon Dieu, oui. Outre le fait qu'il soit un client supplémentaire et que tu lui factures ton tarif habituel, il est amusant et c'est juste une pipe qu'on lui fait.

— Lizzy a dit qu'ils avaient couché ensemble pendant trois heures.

Un gars qui pouvait bander pendant trois heures sans s'arrêter effrayait Rae. Sa chatte serait déchirée en lambeaux.

— Oh non ! rétorqua Lizzy. C'était un rendez-vous galant, pas un rendez-vous de consultante au bureau, et il n'a pas bandé pendant trois heures de suite ! On est retournés à La Maion du Diable après le dîner et le concert et on a fait toutes sortes de trucs pendant trois heures. Lizzy se lécha les lèvres et son sourire enjoué et joyeux atteignit ses yeux verts, comme une étincelle. Toutes *sortes* de trucs.

Lizzy dit ça comme si Rae ne savait pas de quoi elle parlait. Après sa «séance de formation » d'hier, elle présumait qu'elle avait une très bonne idée de ce que Lizzy voulait dire, et pourtant, elle soupçonnait que Wulf en savait beaucoup plus que ce qu'il lui avait montré hier.

Georgie ajouta :

— Mais ce n'est pas toujours qu'une pipe.

— Non, dit Lizzy. Mais on en discute d'abord, et s'il ne s'agit pas que d'une pipe, on part avec le sourire de toute façon.

— Oui, concéda Georgie. Pomper les mecs toute la journée peut te laisser toute frustrée et contrariée. Parfois, j'aimerais juste demander à l'un des clients de ne pas respecter les modalités de service.

— C'est tellement vrai, dit Lizzy.

Georgie emprunta l'allée de La Maison du Diable et conduisit sur la longue route, le long des jardins clôturés. Hier, Rae était passée par là en voiture et comme c'était elle qui conduisait elle avait regardé la route plutôt que d'essayer d'espionner au-delà de la verdure. Les hautes haies qui se trouvaient juste derrière les imposantes clôtures en fer forgé lui bloquaient la vue.

— Qu'est-ce qu'il y a derrière ?

Les filles rirent à nouveau et Rae eut l'impression d'être dans un pays de cinglés.

— On appelle ça le jardin du Bien et du Mal.

— Vous rigolez ou quoi ?

— Certaines personnes aiment baiser en plein air, dit Lizzy. Avec le soleil du désert, j'ai peur de prendre un coup de soleil sur le cul, moi.

— C'est une petite perversion dont je n'ai jamais entendu parler, dit Georgie. Attacher quelqu'un tout nu dehors jusqu'à ce que le soleil le brûle partout. En été, cela prendrait une heure, au maximum.

— Dommages permanents. Pas question.

— Ouais c'est vrai, les mélanomes et tout.

— En plus, les coups de soleil ne se manifestent pas immédiatement, alors les dégâts pourraient être bien pires que tu ne le penses. Ces dominatrices doivent faire très attention. C'est bien plus facile de sucer des mecs et de les branler.

La poitrine de Rae se crispa à nouveau.

Georgie se gara dans un petit parking du côté nord.

— C'est le parking de service, expliqua-t-elle.

Rae sortit de la voiture parmi des rangées ordonnées de BMW hors de prix et de voitures de sport garées à côté de la Lexus de Georgie. Garer sa Ford Taurus dans le parking visiteur hier lui avait épargné la gêne, mais Rae releva le menton. Sa voiture ne définissait ni sa valeur, ni sa personne. Même si elle devait gagner beaucoup d'argent grâce à cette entreprise, elle n'achèterait pas de voiture ridicule et ne serait pas asservie à des remboursements qu'un thérapeute pour enfants ne pourrait pas honorer.

En outre, les gens poseraient des questions indiscrètes sur la façon dont elle avait pu se payer une telle voiture. Ses parents poseraient des questions inquiètes. Tante Tracy-Jo et Hester poseraient des questions sournoises.

Georgie passa une carte dans un lecteur magnétique, et elles conduisirent Rae par une sobre porte noire menant à La Maison du Diable.

Rae cligna des yeux dans l'obscurité du petit couloir, essayant de s'habituer à un éclairage intérieur normal après la lumière éclatante du désert. Elle ôta ses lunettes de soleil et rattrapa Lizzy et Georgie, qui glissaient déjà leurs cartes dans un autre lecteur. Cet endroit avait plus de niveaux de sécurité qu'un entrepôt clandestin d'héroïne. La porte émis un « clong ».

— C'est juste pour qu'ils sachent qui est dans la maison, expliqua Lizzy à Rae en se penchant en arrière pour ouvrir la lourde porte.

— Il ne faudrait pas que je passe par devant ? demanda Rae.

— Non, ça va. Une fois que tu es prête à voir les clients, tu glisses ta carte dans un lecteur au spa et ça fait démarrer tes heures. Le Dom t'a fait visiter ? Tu as vu le vestiaire ?

— Non. On a simplement parlé.

Ces deux derniers jours, Rae avait plus menti à ses amies qu'au cours des trois ans qu'elles venaient de passer ensemble et tous ces vilains mensonges lui pesaient.

— C'est le vestiaire des filles, dit Georgie. Les garçons en ont un plus petit de l'autre côté, parce qu'ils sont moins nombreux.

ça n'est pas un vestiaire. Les vestiaires sentent la sueur et les pieds, et des casiers en métal y cliquettent toute la journée !

Des armoires en bois tapissaient les murs de cette pièce et des bancs arrondis séparaient les portes. On entendait la musique venir du spa. Des senteurs d'herbes et de fleurs se mélangeaient dans l'air. Rae reconnut des arômes de romarin et de jasmin. Les vestiaires n'avaient pas non plus de délicates appliques en argent et en verre pour les éclairer comme ici.

— Wouah, s'exclama Rae.

— Ouais, ça te met dans l'ambiance. Les douches sont là-bas, Georgie montra une porte du doigt. Et le placard à costumes est là-bas.

— Des costumes ? demanda Rae, puis elle réalisa qu'elle avait l'air d'une imbécile. Bien sûr, les travailleuses du sexe devaient porter des costumes.

Lizzy et Georgie se regardèrent, en souriant malicieusement.

— Ouais. Des costumes. Tu veux voir ?

Si Rae n'avait pas été sur le point de se lancer dans une carrière de travailleuse du sexe, elle aurait refusé, et pourtant c'était stupide. C'était bien, les costumes. Il n'y avait pas de problème avec les costumes.

Zut, elle devait cesser de trouver tout bizarre.

Et elle devait arrêter de dire tout le temps *zut*, aussi, même dans sa tête. C'était *merde* qu'elle devait dire. *Bon sang Rae, lâche-toi un peu !*

Le placard à costumes était une pièce de style entrepôt pleine de portants avec des robes habillées et les habituelles pièces d'époques ou exotiques. Une atmosphère de magasin d'usine imprégnait l'endroit, même les lampes fluorescentes au plafond et le sol en ciment. L'odeur de teinture chimique des vêtements neufs se mélangeait à la poussière et au nettoyant pour cuir.

Rae sortit une tenue de fille de harem diaphane qui pendait comme un nuage sur un cintre. La mousseline collait à ses doigts rugueux comme une toile d'araignée.

— Vous portez ça ?

Georgie jeta un coup d'œil pour voir ce que Rae tenait.

— Parfois, pour des demandes spéciales. On porte habituellement les trucs habillés qui sont répartis par taille.

Lizzy se tenait à l'extrémité des portants, en train de fouiller dans les gaines à paillettes.

— Je suis ici, chez les nains. Le 40-42 c'est là-bas.

Le visage de Rae s'empourpra et elle se sentit comme un éléphant de compagnie à côté de Lizzy et de Georgie.

— ça me plait pas trop ces trucs.

— On est des fêtardes, dit Lizzy. On organise des fêtes de dingues et on gagne un fric de dingue pour le faire, c'est tout.

Rae demanda :

— Est-ce que l'autre soir la fête s'est transformée en orgie après notre départ ?

Les filles rigolèrent.

— Non.

— Mais ce couple qui baisait à côté de la piste de danse.

— C'était que de la publicité, dit Lizzy

— Alors, et Rae failli lâcher *Wulf* mais elle s'arrêta juste à temps, alors Le Dom montrait sa marchandise ?

— C'est tellement grossier ! dit Georgie en plaisantant. En plus, nos listes de clients sont complètes. Je pense plutôt qu'il cherchait une nouvelle clientèle pour voir s'il pouvait les inviter à l'une des soirées privées du club et, de là, les prendre comme membre, puis ensuite leur offrir une place sur la liste privée des associés. Quelques membres sont aussi des clients irréguliers, ce sont ceux qui ont des demandes spéciales en général, mais ils sont tous triés sur le volet.

Lizzy ajouta :

— Oui. Le Dom fait très attention aux gens qu'il laisse entrer.

Rae demanda :

— Est-ce qu'il va laisser entrer ces deux personnes qui étaient en train de baiser contre le mur lors de la soirée ?

Georgie se mit à rire.

— C'était Lena et Frank. Ce sont des associés.

— Alors c'était eux le divertissement ?

— Non, pas du tout. Ils se sont portés volontaires et Le Dom observait les réactions des gens à leur égard. Baiser devant tout le monde, c'est un peu inapproprié et il voulait voir qui ferait de même, qui regarderait, qui serait sous le choc et qui ne s'occuperait pas de leurs affaires.

— Il a arrangé ça ? Juste pour regarder les réactions des gens ?

— Comme je l'ai dit, ils s'étaient portés volontaires, dit Georgie. Même avec toutes les caméras présentes ici, qui assurent notre protection autant que la leur, Le Dom contrôle lourdement les clients. Le taux d'admission à La Maison du Diable est inférieur à celui du Sonoran Country Club et nos cotisations annuelles sont plus élevées. Il enquête également sur tous ceux qui travaillent ici. Je parie qu'il y a un enquêteur privé qui pose toutes sortes de questions à ta famille en ce moment.

— Quoi ?! Rae fit un bond en arrière. Elle fut parcourue de sueurs froides. Il ne peut pas le dire à ma famille. Dis-moi qu'il ne dira rien à ma famille !

Sa cousine et colocataire Hester qui lui faisait des sermons et des remontrances avait déménagé en ville pour aller à l'université, ce qui faisait d'elle l'un des membres les plus libéral de la famille de Rae. Le reste de sa famille serait vraiment paniqué s'ils découvraient quoi que ce soit à propos de La Maison du Diable. Cela pourrait tuer sa tante Enid, qui était plus que fragile ces jours-ci.

— Ne t'inquiète pas. Le gars ne blablatera pas, déclara Lizzy. Lorsqu'il a parlé à ma famille, il leur a dit qu'il était journaliste ou ce genre. Les gens disent tout à la presse.

Rae, sentait sa tête flotter dans cet immense entrepôt, et ses genoux tremblaient. Elle s'assit sur le sol en ciment. Les aspérités rugueuses du ciment se coincèrent dans sa robe d'été et lui glacèrent les cuisses.

Georgie se posta à côté d'elle.

— Tu vas bien ?

— Non, dit Rae.

Sa famille était peut-être très critique, moralisatrice et fière d'être un paquet de péquenauds fondamentalistes, mais c'était la seule famille que Rae avait. Elle n'échangerait pas sa famille contre des études universitaires. C'était trop cher payer.

Pourtant, à l'évidence, Rae vendrait son corps pour s'instruire. Est-ce qu'elle avait si peu d'estime de soi ?

C'était tellement déroutant.

Georgie se pencha et demanda :

— Tu ne t'es pas encore fait droguée, hein ?

— Nan. Une fois par semaine ça suffit.

A l'autre bout de la pièce, Lizzy demanda :

— À quelle heure est ton entretien avec Le Dom ?

Ah oui. Elle avait un entretien.

Pas un entretien. Une séance de formation.

Une session de fais-toi-taper-dessus-et-aime-ça.

Tout était si déroutant.

— A une heure, dit Rae.

— Il est presque une heure, là. Tu ferais mieux de prendre sur toi et de passer à autre chose. Le Dom déteste ça quand les gens sont en retard.

Ça doit être parce qu'il est suisse, faillit dire Rae à haute voix, *oh merde.*

Lizzy et Georgie ne savaient pas pourquoi il avait un petit accent. Lizzy et Georgie ne connaissaient même pas son vrai nom. Il avait dit à Rae qu'il était Wulfram bla-bla-bla von Hanover. Elle se considérait comme un amie de confiance qui ne cafardait pas, mais garder des secrets pour un homme aussi secret semblait aller au-delà de tout ce qu'un… un quoi d'ailleurs ? devrait demander.

Un quoi ? Qu'est-ce que Wulf était pour elle ?

Il pourrait devenir le patron de Rae, si elle ne ratait pas sa chance en se présentant en retard à l'entretien de ce jour.

— Je ferais mieux d'y aller, dit-elle.

UNE FAVEUR PERSONNELLE

Rae se dirigea vers le bureau de Wulf, son téléphone en main avec un 12h59 bien lumineux dessus et elle frappa à la porte ouverte.

Wulf leva les yeux de son ordinateur portable posé sur son bureau en verre et lui sourit. La lumière du soleil du désert filtrant à travers les fenêtres miroitait dans ses cheveux dorés et attrapait les angles vifs de son visage. Elle voulait tellement que ses mains fortes soient à nouveau sur son cul qu'elle en avait du mal à respirer. Elle sursauta à cette terrible idée. Quel genre de personne ne pensait à une autre que pour le sexe ? La honte enflamma son visage, tout comme le désir l'aurait fait, ce qui était encore pire.

Wulf abaissa l'écran de son ordinateur portable, révélant un costume noir et une cravate argent. Les couleurs monochromes étaient un peu plus diaboliques qu'hier quand il portait du bleu marine, mais ses cheveux semblaient plus dorés et ses yeux d'un bleu plus sombre. Assis, détendu derrière cet énorme bureau de verre et de métal, on aurait dit que le monde lui appartenait.

— Juste à l'heure, dit-il, et sa voix profonde envoya des frissons dans le creux de ses reins, là où il avait embrassé sa colonne vertébrale. Il faut qu'on parle, d'abord. Ferme la porte.

Rae ferma la porte et s'appuya dessus car ses genoux tremblaient.

«J'ai un petit problème», déclara Wulf.

— OK.

Rae se prépara à entendre la suite. Il pourrait lui dire qu'il avait changé d'avis, après son fiasco d'hier en tant que dominatrice et qu'elle ne pouvait pas travailler pour lui. Fini le boulot, la fac et la chance de s'en sortir.

Il pourrait lui dire qu'il confiait sa formation à quelqu'un d'autre parce qu'il n'était plus attiré par elle. Son cœur se serra dans sa poitrine.

Il se pourrait que son enquêteur ait retrouvé les membres de sa famille et que ceux-ci aient essayé de le convertir. Il en aurait déduit qu'elle était trop barrée pour travailler dans son bordel BDSM de luxe. Oui, elle imaginait bien le truc.

La plus petite partie de son esprit, la partie idiote et féminine qui lisait des romans d'amour alors qu'elle aurait dû travailler ses stats, évoqua un scénario où Wulf se laissait tomber à genoux et lui disait qu'il l'aimait. Cette émotion dans son cœur lui fit plus peur que toutes les autres possibilités.

Il était le dieu du sexe de La Maison du Diable. Il était une coquille vide, brillante, comme un miroir. Ce n'était pas un type de qui on tombait amoureuse.

— Une de mes dominatrices, Sonya, est malade. Son

client arrive sous peu. Il n’est pas difficile en tant que soumis, mais c’est un cauchemar pour mes administrateurs. Je sais que j'ai dit que tu n’étais pas encore prête pour une scène, mais aucune autre dominatrice n’est disponible. Wulf soupira. Nous pourrions faire une petite répétition avant, pour poursuivre ta formation, et ensuite je regarderai au cas où cela prendrait un mauvais tournant. Si c'est le cas, je serai là plus tôt que la dernière fois.

C’était une chance pour Rae de décrocher le poste, alors elle sauta sur l'occasion, même si elle était un peu déçue que Wulf n'ait rien dit d'autre.

— Bien sûr, coach, plaisanta-t-elle. Fais-moi entrer dans le jeu.

Il la regarda de haut en bas.

Aujourd'hui, Rae portait une robe d'été bleue au lieu de son tailleur noir, qui était le seul qu’elle avait et elle ne se sentait pas comme une dominatrice dans cette robe de fille-fille. En fait, elle avait un peu imaginé que Wulf pourrait la ligoter à nouveau. Elle avait donc mis une robe à volants juste pour lui.

Wulf dit :

— Voyons ce que nous avons dans le placard à costumes pour toi.

— Euh, on peut parler une minute ?

— Bien sûr. Il se pencha vers elle, posant les coudes sur son bureau. Ses bras musclés plaquèrent son costume aux coudes.

— Encore une fois, c’était très gentil de ta part, mais tu n’es pas obligé de faire ça.

Elle traversa la pièce, passa devant les étagères avec les livres et posa la boîte turquoise de chez Tiffany sur son bureau en verre.

Wulf arqua un sourcil et abaissa l’autre.

— Je vais devoir trouver quelque chose qui te convient.

— Tu n'as pas besoin de me donner des cadeaux du tout.

Wulf cligna des yeux et son sourcil baissé s'abaissa encore plus.

— Je ne sais pas comment interpréter ça, Reagan. Viens, allons voir le placard à costumes.

Il la conduisit à travers La Maison du Diable et, ils se retrouvèrent dans les vestiaires. Lizzy et Georgie étaient parties, les robes et les costumes étaient suspendus bien en ordre et la pièce résonna lorsque ses talons claquèrent sur le sol. Rae suivit Wulf qui passa devant les robes glamour et scintillantes jusqu'au coin le plus reculé, où les machins en cuir étaient suspendus.

— Tu auras besoin d'un de ces articles, dit-il en passant la main le long du portant. Choisis quelque chose.

Il s'appuya contre un mur et fit défiler des pages sur son téléphone.

Rae parcourut des doigts les vêtements pour fétichistes. Des liens nouaient tous les articles en cuir. Tous étaient cloutés ou ressemblaient à une armure.

— Euh, Wulf ?

Il jeta un coup d'œil à la porte, mais ils étaient seuls.

— Cet endroit est considéré comme public, Rae.

— Désolée Monsieur. Je ne sais pas ce que c'est, tous ces trucs.

Wulf leva ses sourcils pâles.

— Excuse-moi ?

— Je ne sais pas lequel porter, et je ne sais pas quoi choisir, et je ne sais même pas comment les mettre.

— Je t'assure que je ne suis d'aucune utilité. J'ai un tailleur et il me dit quoi porter.

— ça ne me dit pas ce que je dois faire avec ça.

Rae brandit une chose qui ressemblait à la moitié gauche d'un bustier en cuir noir avec une longue manche. Juste la moitié gauche.

— Très bien. Wulf retourna à la porte du vestiaire et la verrouilla. Enlève cette robe.

— Ce n'était pas ce que je voulais dire.

Se déshabiller de manière désinvolte devant lui était plus intimidant que de le voir lui arracher sa culotte, comme hier.

Il jeta un coup d'œil à sa montre, puis parcourut les cintres d'une main.

— Tout le monde porte du noir, murmura-t-il.

La plupart des femmes d'âge mûr portaient du noir, lors de la soirée où Rae avait rencontré Wulf, et elles étaient toutes dominantes dans leurs couples à y réfléchir. Elle avait passé beaucoup de temps sur son téléphone hier soir, à naviguer sur Internet et à lire des articles sur le BDSM et d'autres acronymes liés au sexe, et elle avait été surprise de constater que sa culotte était humide à la fin de la soirée.

Wulf trouva un article en cuir marron et le lui jeta.

— Essaye ceci.

Dans ses mains, il n'y avait que lanières, bonnets, pans de cuir et dentelle écrue.

Elle dit :

— Tourne-toi.

— Reagan Rose, nous n'en sommes plus aux formalités.

Son sourire amusé était à la limite de la taquinerie.

— Pas tant que ça. Maintenant, tournez-vous, Monsieur. Je veux dire, Maître.

Il éclata de rire et pivota sur ses talons.

C'était sympa qu'il se souvienne de son deuxième prénom, en tout cas. Elle se cacha derrière une rangée de robes et enleva sa robe d'été.

Elle tint la tenue vestimentaire sexy à bout de bras et finit par comprendre quelles pièces étaient des bretelles. Si on lui avait dit la semaine dernière qu'elle essayerait des tenues fétichistes en cuir dans un sex club, elle aurait bien rigolé, mais elle ne riait pas en ce moment. Cette deuxième audition était pour elle une chance de rester à l'université, de pouvoir aider les enfants autistes, au lieu d'appeler des clients dans un call center pour un salaire minimum.

Dit comme ça, elle devrait évidemment accepter ce travail. Pourquoi était-elle si réticente à le faire ?

Une image lui traversa la tête : Rae elle-même, à l'église, vêtue d'une jupe fleurie avec de la dentelle en bas et d'un chemisier à manches longues, les yeux baissés, écoutant, la tête vide.

Elle se battait contre cette merde depuis l'âge de seize ans, depuis qu'elle avait confessé à son pasteur qu'elle ne ressentait pas l'amour de Jésus à l'église, car chaque fois qu'elle entrait par les portes intimidantes et noires, elle avait l'impression qu'elle manquait de cette morale qui raidissait tout le monde autour d'elle et elle transpirait de honte à chaque fois. Il lui avait fait des reproches pour son manque de foi et sa nature pécheresse, même si elle avait passé toute sa vie à essayer de devenir ce qu'ils voulaient tous qu'elle soit.

Finalement, elle avait cessé d'essayer d'être parfaite et était allée à l'université, malgré le fait qu'ils aient tous déclaré qu'elle ne devait pas s'élargir l'esprit, mais qu'elle devait plutôt se concentrer sur Jésus et le salut de son âme.

Et maintenant, nous en étions là : un justaucorps en cuir marron et dentelle écrue. Rae le retourna et examina le corsage lacé dans le dos. Elle allait ressembler à une servante dévergondée qui vous annonçait le menu.

Bon, les sous-vêtements avaient tendance à bouchonner sous un justaucorps, ce qui n'était pas attrayant. Elle laissa tomber sa culotte sur le sol.

Rae enfila le vêtement délicat, l'imaginant comme un justaucorps à lacets. Le cuir collait à ses formes et les baleines raidissaient le corset autour de sa taille. Elle tendit la main dans le dos pour tirer les lacets mais ne put les atteindre.

— Euh, Maître ? On peut avoir de l'aide ?

— J'ai bien cru que tu ne demanderais jamais.

Il fit le tour des portants. Lorsqu'il la vit essayer de tenir l'engin contre son ventre et sa poitrine, son regard parcourut son corps et il sourit.

Elle dit :

— Arrête de te moquer de moi.

Il leva finalement ses yeux bleus lumineux pour établir un contact visuel avec elle.

— Je ne me moque pas.

Wulf se tint derrière elle et serra les lacets jusqu'à ce que le justaucorps reste en place sans qu'elle ne le tienne. Ses mains se pressèrent autour de sa taille, lissant le cuir sur ses hanches et ses côtes, puis il resserra encore les lacets, autour de sa taille.

Rae attrapa le portemanteau comme les dames de l'époque victorienne s'étaient soutenues au montant des lits et rentra son estomac, laissant les baleines d'acier lui serrer le buste. Quand elle baissa les yeux, le corset exagérait son corps, soulevant ses seins et lui resserrant la taille. Elle respira et ses seins débordèrent par-dessus.

Wulf lissa à nouveau le tissu, posant ses mains sur le cuir et la dentelle sur sa taille, puis sur ses hanches. Les plis s'aplatirent et Rae se sentit plus à l'aise, même si elle était encore tendue. Ses mains glissèrent sur ses fesses.

Rae n'était pas sûre de la tournure que prenait la chose mais elle voulait qu'il la touche davantage. Ses mains chaudes parcoururent son corps et il lui leva les bras au-dessus de la tête. Ses seins sortirent presque au-dessus du corset et les paumes et de Wulf les soupesèrent dans le cuir marron. Rae ferma les yeux et appuya son dos contre lui. Le corps de Wulf se fondit dans le sien, son torse et ses pectoraux collés contre son dos.

Tous les actes de rébellion qu'elle avait accomplis au cours des deux dernières années — la boisson, la danse et des rapports sexuels anémiques et occasionnels — semblaient bien pâles à côté de la façon dont chaque centimètre de sa peau voulait baiser Wulf, chaque fois qu'elle le voyait. Chaque fois qu'il la touchait — comme quand ses mains agrippaient doucement sa poitrine et que son souffle lui réchauffait la nuque — cela lui faisait l'effet d'un blasphème et elle avait encore plus envie de lui.

Oh, à un moment donné, elle allait avoir une crise de conscience à cause de lui, mais pas maintenant, pas encore, pas tant que son corps était pressé contre son cul et son dos et que sa respiration était haletante dans son cou.

Wulf prit une profonde inspiration et s'éloigna d'elle.

Quand Rae se retourna, les mains de Wulf étaient

devant lui, paumes ouvertes, comme s'il la repoussait. Il ne la regarda pas. Il avait la tête basse et tournée sur le côté.

Elle demanda :

— Est-ce que ça va ?

— Oui. Bien. Il inspira de nouveau et leva les yeux, ses yeux bleus plein d'intelligence, comme d'habitude. Il laissa tomber ses mains sur les côtés. «Nous devrions commencer la formation. Notre client arrive dans une demi-heure. Wulf lui tendit un peignoir épais. Je ne voudrais pas que tu attrapes froid. »

Rae tint le peignoir contre sa poitrine.

— Est-ce que j'ai fait quelque chose de mal ?

— Pas du tout. Wulf sourit et son gentil sourire la détendit. Tu es tellement belle.

Rae essaya de ne pas laisser sa surprise apparaître sur son visage. Personne ne traitait de beau un éléphant ou un poisson gras.

Wulf demanda :

— Est-ce que j'ai dit une bêtise ?

— Non. C'était bien. Juste bizarre.

— J'entends toutes sortes de choses de la part de mes filles et de mes clientes. Rien ne me choquerait.

— Je ne sais pas pourquoi tu as dit ça. Je suis grassouillette.

Elle étudia le ciment qui refroidissait ses pieds et s'agrippa au peignoir.

— Tu fais du 40-42, tu n'es pas grassouillette.

— Si, pour ici, oui.

— Cinq de mes filles font du 40 ou plus. Le porte-vêtements va jusqu'au 54.

Il en savait beaucoup sur les tailles des filles pour un gars.

— Il n’y a pas, genre, une pesée pour travailler ici, n’est-ce pas ?

— Certainement pas.

— Comment le sais-tu, alors ?

Il haussa les épaules.

— Les chiffres me restent dans la tête.

— J’aimerais bien qu’ils restent dans la mienne. Peut-être que je n’aurais pas échoué en stats.

— Georgie et Lizbeth ont été très clairs sur les méthodes d’enseignement et de notation de ce professeur. Épouvantable. Autre chose ?

Rae n’avait pas besoin de détailler toutes les merdes qui étaient dans sa tête. Pourtant, il l'étudiait intensément, et ses yeux bleus implacables semblaient la pardonner.

Il attendait.

Elle hésita, un malaise s'installant dans son estomac.

— Je ne suis tout simplement pas habituée à tout ça.

— Tout ça ? Il inclina la tête.

— De retour à la maison, je serai renvoyée de l'église pour avoir ne serait-ce que pensé à certaines des choses que j'ai faites ces derniers jours.

Il éclata de rire.

— Oui, La Maison du Diable n’est pas tout à fait construite sur les fondements de la religion.

L’église, et la maison, et la famille, et sa respiration s’accéléra.

L’enquêteur de Wulf allait parler à des gens de son église, de son domicile et de sa famille.

— Mon église est différente. Ma famille est différente.

— Mais tu as été à l'université plus de deux ans.

— Oui.

Elle n'arrivait pas à respirer. Le corset devait être trop serré. On aurait dit que les murs rétrécissaient.

— Et tu as déjà fait certaine de ces choses auparavant.

Rae essaya de rire, mais sa voix s'étrangla.

— Ouais.

Ses mains, tenant toujours le peignoir contre sa poitrine, se mirent à trembler.

— Est-ce que quelque chose d'autre te dérange ?

Il attendit sa réponse, la tête penchée sur le côté. La gentillesse transparaissait dans son expression.

Elle aurait presque préféré qu'il fasse preuve de jugement ou de mépris. Les larmes affluèrent au bord de ses yeux et se collèrent sur ses cils, rendant sa vision floue.

— Est-ce que tu as envoyé quelqu'un dans ma famille pour leur poser une foule de questions sur moi ?

— C'est la procédure standard.

— Alors il y est maintenant ?

Wulf jeta un coup d'œil à son téléphone.

— Il devrait être en route.

— S'il leur dit quelque chose à propos de La Maison du diable, *quoi que ce soit*, ils ne me parleront plus jamais. Ils vont me renier.

Avec cela, Rae cracha tous les trucs fous qui la menaçaient chaque jour dans sa tête.

Elle raconta tout à Wulf sur l'église baptiste de son enfance, son engueulade avec le prédicateur et comment, tous les dimanches à l'église, tous les dimanches de sa vie, elle avait pris sur elle jusqu'à ce qu'elle pense qu'elle allait craquer.

Wulf la prit dans ses bras. Elle enfouit son visage

dans l’obscurité de ses vêtements parce que la lumière au plafond pendait au-dessus d’elle comme le regard mauvais des gens dans sa petite ville. Emanant du costume, elle sentit une odeur d'orange et de linge propre et quelque chose de masculin, de sombre et de primitif. Les gars de la fac ne sentaient pas comme ça.

Rae jacassa sans fin sur son arrivée à l'université, et comment elle avait échappée furtivement à la surveillance de sa cousine colocataire et chaperon, Hester, pour aller baiser avec des étudiants mais que cela l'avait rendue encore plus honteuse et que maintenant elle ne savait plus ce qu'elle faisait mais qu’elle voulait créer une clinique pour aider les enfants autistes et qu’elle ne voulait tout simplement pas que sa vie soit aussi difficile et désespérée que celle de tout le monde, et que si ce gars-là, qu’il avait envoyé à Pirtleville, cette ville paumée et perdue dans ce désert impitoyable, disait quelque chose, n'importe quoi à sa famille, personne ne lui parlerait plus et elle ne pouvait pas supporter ça.

Wulf la berça d’une main contre lui et composa un numéro au téléphone avec son pouce. Il dit au gars à l’autre bout de la ligne de revenir en ville parce que ça n’était pas la peine de déranger la famille Stone de Pirtleville.

— Il suffit de consulter les archives publiques en guise d’audit, déclara-t-il.

Wulf se tourna vers Rae : «Jonas n’était même pas encore arrivé. Il n'a parlé à personne. »

Rae s'affaissa contre lui autant que le lui permettait le corset à baleine.

—Je te remercie.

—Je ne voudrais pas te causer de problèmes avec ta famille. La voix basse de Wulf semblait lointaine, comme s'il parlait au coin de la pièce plutôt qu'à elle. Etre brouillé avec sa famille peut être difficile.

— Ah ?

C'était une réponse classique dans une conversation, une invitation à continuer, mais Wulf caressa ses cheveux et ne dit plus rien.

Rae supposa que sa famille ne devait pas aimer qu'il soit dans le commerce du sexe. Elle ne pouvait cependant pas imaginer qu'on choisisse d'être propriétaire d'un sex-shop au détriment de sa famille. Quelqu'un qui ferait une chose pareille serait tellement sans cœur de préférer la satisfaction sexuelle aux liens familiaux, mais elle ne voulait pas penser que Wulf ferait une telle chose.

Wulf dit :

— Si nous ne voulons pas faire attendre M. Park, nous devrions commencer à répéter. Wulf éloigna son bras, bien que sa main ferme lui tienne toujours la main. Le spa contient tout ce dont tu as besoin pour te rafraîchir. Il baissa la tête pour regarder son visage. Ça va aller ?

Rae s'essuya les yeux. L'ombre à paupières violette et le mascara barbouillaient ses mains.

— Ouais. Ça va.

— Excellent. Je te retrouverai dans la salle de jeux numéro 2 dans cinq minutes.

Il s'éloigna, laissant Rae seule dans le grand vestiaire qui sentait la lessive et le nettoyant pour cuir.

Les larmes coulaient encore et elle les essuya du revers de la main, se sentant soulagée mais toujours en vrac.

Quelque chose était arrivée avec Wulf quand il l'avait serrée dans ses bras, quelque chose qui l'avait fait reculer et lever les mains comme s'il avait ressenti un choc électrique, un sacré choc, et puis elle avait lâché tout ce qu'elle avait sur le cœur et en revanche, elle n'en savait pas plus sur *lui.*

La coquille lisse s'était refermée comme une huitre et il avait retourné le miroir sur elle.

Mais il avait dit quelque chose sur la famille, qu'il était difficile d'être brouillé avec.

Il n'avait pas dit *sa* famille, seulement fait référence à la brouille dans les familles en général.

Rae avait suivi suffisamment de cours de psychologie pour savoir qu'il cachait quelque chose à l'intérieur de cette coquille lisse.

Et elle avait suivi suffisamment de cours de psychologie pour savoir que les psychopathes peuvent vous convaincre qu'ils ne sont pas simplement des coquilles lisses.

Plus inquiète, Rae se dépêcha, passa du blush et de la poudre bronzante sur ses paupières pour remplacer son maquillage dégouliné, trouva une paire de bottes de cowboy à talons hauts qui lui allait bien et partit à la recherche de Wulf.

DES SECRETS SUR SA PEAU

Cinq minutes plus tard, la panique s'installait, parce que Rae était perdue dans l'immense bâtiment fantasmagorique qu'était La Maison du Diable avec ses couloirs blancs immaculés qui défilaient. Elle se retrouva ensuite à la réception avec ses plantes en pot luxuriantes et ses fenêtres lumineuses au lieu de l'obscurité profondes de l'intérieur des cachots.

— Au secours ! implora-t-elle auprès de Glenda, la réceptionniste.

Glenda rit nerveusement devant la consternation de Rae et la conduisit à travers d'autres couloirs identiques jusqu'à la salle de jeux numéro 2, ce qui était tout à fait à l'opposé de ce que Rae avait pensé, car elle ne savait toujours pas comment La Maison du Diable était aménagée.

Glenda donna une joyeuse tape sur le derrière de Rae alors que celle-ci se précipitait en retard dans le sombre cachot pour y trouver Wulf en train d'attendre, allongé sur ce que Rae savait maintenant être un divan à fessées, et en train de lire quelque chose sur son téléphone. La lumière de son téléphone éclairait d'en bas les traits carrés de son visage, et lui donnait un air démoniaque malgré ses cheveux dorés qui auraient pu couronner un dieu soleil.

Autour de lui, des engins d'aspect médiéval jonchaient la salle de pierres. Quelques grandes cages n'étaient qu'à moitié visibles le long des murs. L'Inquisition aurait pu éliminer tous ces opposants si elle avait possédé une telle collection de fouets et de tenailles.

Rae écarta son peignoir chaud et le posa sur une barre fixée au mur. L'air froid parcourut sa peau.

— Bonjour, Monsieur. Veillez excuser mon retard. Je ne savais plus où vous étiez.

Wulf fronça les sourcils.

— Si tu étais une soumise, je saisirais l'occasion pour te donner une fessée. Il tapota le canapé. Mais comme tu ne l'es pas, poursuivons.

— Que ferais-tu si j'étais une cliente ? demanda Rae, un peu essoufflée à l'idée de se faire fesser.

Est-ce qu'il la coucherait sur ses genoux ?

— Je doublerais le prix de ton abonnement et je te donnerais une fessée. Belles bottes.

Rae fit tourner sa jambe pour mieux les montrer.

— Est-ce qu'elles font bien ?

— Renversantes. Les talons hauts mettent tes fesses en valeur.

Rae n'avait pas pensé que son cul était exposé avec l'espèce de justaucorps en cuir et elle étouffa l'envie de couvrir ses fesses avec ses mains.

Wulf dit :

— Voici le dossier de M. Park.

Cette fois, Rae prit le dossier en papier kraft avec

précaution et s'appuya contre ce qui ressemblait à un petit taureau mécanique pour absorber chaque mot et chaque insinuation à l'intérieur.

À l'intérieur, M. Lando Park avait détaillé ses désirs et ses besoins. Sa photo montrait un homme d'âge moyen d'origine asiatique. Vu son nom de famille, Rae pensa qu'il pouvait être coréen. Son examen médical avait révélé qu'il avait parfois des spasmes dans le dos.

— Sérieux, son mot de passe en cas d'urgence c'est *Gun Control* ?

Wulf lui fit un sourire ironique et amusé.

— Il affirme que cette phrase ne passera jamais ses lèvres, peu importe la punition qu'il subira.

— On dirait certains de mes oncles.

Rae poursuivit sa lecture en notant que, lorsque Lando Park avait présenté sa candidature au club, il n'avait eu qu'une partenaire sexuelle, sa femme. Elle le fit remarquer à Wulf. « Est-ce inhabituel ? »

Wulf haussa les épaules.

— Vous, les Américains, vous avez toutes sortes de déviances ! Beaucoup plus que nous, les Européens dégénérés.

Elle éclata de rire et recommença à lire le dossier, bien que la pénombre souterraine rende cela difficile. Cette fois, elle n'allait pas rater des trucs. Elle inclina mieux le papier pour capter la lumière pâle des faux bougeoirs en fer. La lumière vacillante jouait sur les pages du dossier médical.

Selon le dossier et les notes manuscrites de son habituelle dominatrice, au début de chaque session, il se livrait à un comportement provocant, refusant ses ordres, quels qu'ils soient, jusqu'à ce qu'elle commence à le punir sérieusement. Ensuite, il craquait rapidement. L'apogée de la session était quand il se soumettait.

Rae avait supposé que les notes de session BDSM se liraient comme une liste de courses. Ces notes se lisaient comme les notations d'un psychologue.

— Cela ressemble plus à une répétition pour une scène de théâtre qu'à un rapport sexuel.

— C'est une observation pertinente.

— Et cela ressemble plus encore à de l'aide psychologique qu'au métier d'acteur.

— En effet, c'est souvent le cas. La Maison du Diable peut fournir d'importants services pour la santé mentale de ses clients, afin de dissiper les frustrations qui pourraient sinon se révéler dangereuses.

Cela dérangea Rae.

— Ils devraient suivre une véritable aide psychologique, ensuite.

— Beaucoup d'entre eux ne veulent pas suivre d'aide psychologique classique. Un vieil ami à moi utilise nos services plusieurs fois par an, cependant il a réservé des sessions chaque semaine pendant la crise des marchés financiers. Même si nous avons sur place le matériel BDSM habituel (fouets, cannes, etc…) il apporte des poêles à frire, des battes de cricket, etc… Il paie des frais exorbitants pour que cinq filles le battent jusqu'à ce qu'il soit pas mal blessé.

— Seigneur Jésus ! Il n'a pas toute sa tête !

Elle avait oublié de moduler son ton guindé de l'église, et c'était sorti de manière épouvantable.

— Et pourtant, comme il s'appuie sur les services de La Maison du Diable, il ne s'est plus jamais battu dans un pub. Auparavant, il est presque allé en prison pour agression, à plusieurs reprises, il a été blessé trois fois à coups de couteau ou par balle et il a atterri à l'hôpital, sans parler des autres personnes qu'il a battues et blessées. Sans cette soupape de sécurité il serait probablement incarcéré pour meurtre à l'heure actuelle, ou mort.

— Il ne frappe pas les filles ici, j'espère.

— Jamais. Les deux premières fois, je suis resté dans la cabine de contrôle mais il est apparu clairement évident que même s'il menace et attrape un peu les filles il ne veut pas se battre. Il veut qu'on le batte.

— Bon d'accord, alors.

Même si c'était consenti, cela ne semblait ni sain, ni sans danger.

Quand elle eut fini de lire, elle demanda à Wulf :

« Alors, c'est quoi le plan? »

— Mon plan c'est de s'en tenir à ta formation aujourd'hui.

Son ton sec la fit rire.

— Il semble que Sonya a un scénario habituel avec lui, le laisser se rebeller jusqu'à un certain point, puis attaquer.

Wulf acquiesça.

— Oui. Nous pourrions nous en tenir à ce script, sauf en cas de problème.

— D'accord.

— Je vais donc commencer par dire «non» à tout ce que tu fais et à tout ce que tu m'amènes.

— Quoi, sérieux ? Tu seras le client ?

— Il faut qu'on t'apprenne.

Il se frappa les genoux et se prépara à se tenir debout.

—Je pensais que tu me montrerais quoi faire.

Et elle aimait ça quand ses mains étaient sur son corps.

— Je te guiderai pendant que nous travaillons. Allez.

Ils se levèrent et Rae jeta le dossier vers la porte.

Le dossier heurta quelque chose qui cliqueta.

— C'était quoi, ça ?

Wulf jeta un coup d'œil par derrière.

— La cache des cravaches.

— Les cravaches ? Rae alla regarder. Effectivement, dix cravaches se trouvaient dans une mince corbeille à papier noire juste à l'extérieur de la porte. Est-ce que c'est là que tu prenais les cravaches qui apparaissaient, genre, comme par magie, dans ta main ?

Il rit.

— Ce n'est pas de la magie.

— Seigneur. Je pensais que tu avais des ressorts dans tes manches pour les faire sortir ! Ah bah ça alors ! Est-ce qu'il y a un seau à fouets dans chaque pièce ?

— La plupart des pièces. On ne sait jamais quand il faudra punir quelqu'un. Wulf retira sa veste de costume, la plia et la déposa sur le banc à fessée.

Elle attendit, espérant qu'il enlève sa cravate argent et sa chemise. Sa poitrine et son dos étaient épais et musclés. Elle le sentait chaque fois qu'elle passait ses paumes sur ses chemises blanches impeccables et même maintenant, l'étoffe blanche étincelante collait à la largeur de ses épaules.

Elle demanda :

— Y a-t-il un seau à cravaches dans ton bureau ?

Il haussa les épaules.

— J'ai quelques cravaches cachées dans mon bureau, entre autres choses.

— J'ai presque peur de demander quoi.

Rae se frotta les bras. Le cuir marron et la dentelle ne faisaient presque rien pour la tenir au chaud. Au moins, les bottes protégeaient ses pieds du sol froid. Elle sélectionna une cravache dans le tas.

Wulf se dirigea vers le centre du cachot et se plaça entre la croix de Saint-André et le divan à fessée.

— Les précédentes injonctions concernant le sang et les fluides corporels s'appliquent toujours, car nous n'avons toujours pas reçu ton autorisation médicale.

Rae déglutit. La fac et toute cette formation — ou peu importe ce que Wulf l'appelait quand il la ligotait et la baisait jusqu'à ce qu'elle hurle de plaisir — l'avaient tenue occupée. Elle devrait bientôt passer cet examen médical si elle voulait vraiment travailler ici. Ne pas le faire pourrait laisser penser qu'elle ne voulait pas être embauchée et elle ne voulait pas qu'il pense ça.

Il poursuivit :

— Et un conseil : commence durement, puis continue encore plus sévèrement.

— Ah bon ? Le cœur de Rae se serra.

— M. Park est un cas difficile. Ne lui permets pas de te questionner. Ne lui permets pas de ne pas t'appeler « Maîtresse » ou « Madame » ou peu importe ce que tu auras choisi. Il veut de l'attention. Il veut être puni pour ses infractions. Il est tellement affreux avec tout le monde dans sa vie quotidienne que c'est la seule façon pour lui de retourner à la politesse.

— C'est un abruti ? Tu l'as rencontré ?

Cela pourrait faciliter les choses.

— Quelques fois, j'ai dû sauver l'un de mes administrateurs de ses abus verbaux et j'ai entendu parler de lui par des connaissances en commun. Il est procureur général.

Donc, M. Park aimait vraiment argumenter. Rae se demandait comment un procureur général pouvait se payer ce club et le nombre de séances privées enregistrées par Sonya dans le fichier volumineux.

— Commençons.

Wulf tira sur sa cravate, desserrant le nœud et la passant par-dessus sa tête. Il déboutonna le bouton du haut de sa chemise, exposant sa gorge.

Rae cessa de regarder le cachot pour le regarder. Elle pensa que Wulf allait ôter cette chemise blanche et propre et rester torse nu, mais il arrêta de déboutonner sa chemise aux boutons du haut, dévoilant à nouveau la courbe supérieure de ses pectoraux musclés. *Merde !*

Elle ne l'avait jamais vu torse nu, même si elle avait couché deux fois avec lui. La première fois, il avait à peine sorti sa bite de son pantalon quand elle l'avait baisé dans la pièce du fond à la soirée, et la deuxième fois, hier, il n'avait pas enlevé sa chemise non plus, quand elle avait été attachée jambes écartées à une barre alors qu'il la prenait par derrière.

Il posa délicatement sa cravate sur sa veste, sur le banc incliné et se plaça au centre du cachot, entouré d'équipements conçus pour la torture.

— Poursuivons.

Il n'avait pas dû éteindre la caméra aujourd'hui car il n'avait pas fait signe du bras. Elle devait faire ça correctement, pour lui et pour quiconque regardait dans la cabine.

— Quel est ton mot de passe en cas d'urgence ?

Wulf leva un sourcil blond.

— Je suis sûr que je n'en aurai pas besoin.

— C'est la procédure.

— Correct. Nous utiliserons… il observa le plafond en briques brutes pendant une minute, *Votre Majesté*.

Un jour, Rae aimerait bien savoir tout ce qui se passait à l'intérieur de sa coquille brillante et vide.

— Te soumets-tu à moi ?

— Oui, dit Wulf d'un ton détaché qui suggérait l'ennui.

Hier soir, elle avait beaucoup lu sur le BDSM sur Internet, cachant son écran de téléphone à sa cousine et colocataire Hester. Malgré l'air frais dans le cachot, son corps s'échauffa.

Rae se redressa du haut du mètre quatre-vingt-cinq que lui offraient les bottes à talons hauts, bien qu'elle n'atteigne que l'oreille de Wulf.

— Mets-toi à genoux, soumis.

— Non.

Rae savait que c'était une violation totale. Il ne l'avait pas appelée Madame ou Maîtresse. Il n'avait pas fait ce qu'elle avait dit. Il était en pleine défiance.

Elle savait qu'elle devait le frapper avec la cravache qui lui avait semblé si légère mais qui ressemblait maintenant à une épaisse branche de chêne dans sa main.

Elle se mit derrière lui.

Il ne se retourna pas pour la regarder faire. Il écarta les pieds et tourna le dos, baissant la tête et attendant qu'elle le frappe sur cette vaste étendue de chemise blanche.

Elle donna un coup contre sa propre jambe nue, pour tester la cravache. Chaque coup lui semblait affreux. Chaque fois que la cravache frappait sa propre cuisse, c'était comme si on la frappait avec un morceau de bois dur au lieu d'une baguette légère.

Elle était nulle.

— Je ne peux pas faire ça.

— Bien sûr que tu peux. Je viens de t'en donner la parfaite opportunité.

— Je ne suis pas bonne à ça. Je ne suis pas du tout une dominatrice. Je ne ferais même pas une bonne soumise.

Wulf se retourna et l'attrapa par la taille. Il la fit reculer comme s'ils tanguaient puis son dos toucha le mur froid.

— Utilise la surprise.

Elle écarta les doigts sur sa poitrine, le repoussant ostensiblement, mais elle pouvait sentir les muscles puissants et noueux de son torse sous sa chemise blanche et fraîche. Ses doigts s'attardèrent le long de ses côtes osseuses.

Wulf prit la cravache de sa main.

— Frappe moins avec le manche et plus avec le bout, avec le morceau de cuir, ici.

Il souleva la cravache souple et Rae retint son souffle quand il la fit claquer.

Une douleur cuisante piqua la cuisse de Rae bien qu'elle l'ait à peine remarquée, le corps dur de Wulf la poussa contre le mur, les pectoraux contre sa poitrine. Le coup de fouet faisait mal, mais pas trop et cela n'avait rien à voir avec se faire frapper avec un bâton. Cela l'obligea même à concentrer encore plus son attention sur son corps pressé contre le sien. Ses mains la démangeaient de le saisir, de l'attirer vers elle et de l'embrasser fougueusement.

— Tu vois ? dit-il. Fait la claquer d'un coup de poignet.

— Je comprends.

Le désir lui faisait tourner la tête, la rendant étourdie. Si elle tendait la main et attrapait Wulf, ils pourraient tomber par terre. Quand il la tenait comme ça, elle ne pensait plus qu'à baiser avec lui.

Elle posa la main sur sa nuque et commença à lui baisser la tête pour l'embrasser.

— Non. Ce n'est pas le moment de jouer. Sa voix insistante sonna enrouée, puis il attrapa ses poignets et les plaqua contre le mur. Tu ne peux pas rencontrer M. Park sans être préparée.

Elle voulait le prier de la toucher. Son corps la plaquait contre le mur et il ne semblait pas vouloir s'éloigner. Sa queue se dressa contre sa jambe. Elle murmura :

— S'il te plaît.

— Non. Sa voix était dure, comme s'il se forçait à le dire, mais il ne reculait toujours pas.

Rae déglutit et se força à se calmer, ce qui était difficile, Wulf la plaquant toujours contre le mur et sa peau frémissant de désir.

— Je ne pense pas pouvoir faire ce truc de dominatrice.

— Si, tu peux. Ce soir-là, quand nous nous sommes rencontrés à la soirée, tu étais magnifique, Rae. Tu me voulais et tu as décidé de prendre ce que tu voulais. Rien ne t'a intimidé. Rien ne t'a arrêté. Fais-comme ça maintenant.

Rae ne voulait pas être une dominatrice pour Lando Park. Elle voulait baiser Wulf tout de suite, même avec la caméra de surveillance. Son corps se tendit vers lui, même si le torse de Wulf et son ventre dur la pressaient contre le faux mur de pierre.

Wulf posa sa main sur sa taille, une erreur.

Elle retira son autre bras de son emprise, attrapa ses mains et se tordit comme un poisson, les faisant pivoter tous les deux et le plaquant dos au mur, les bras collés contre la pierre. Elle l'embrassa violemment. Avec ses bottes à hauts talons, elle n'avait même pas besoin de monter sur la pointe des pieds. Il avait un goût de menthe avec un soupçon de chocolat.

— Ah, revoilà ma petite dominatrice ! En revanche n'embrasse pas Park.

— Bien sûr que non.

Rae le prit par la main et le tira à travers la pièce vers un long banc. S'il voulait qu'elle soit dure avec lui, elle pourrait l'être. Elle voulait toucher sa peau et elle voulait encore baiser avec lui. Si elle ne pouvait pas faire ça, elle pouvait lui en donner l'envie. Elle pressa sur ses épaules pour qu'il s'assoie à cheval sur le banc.

Elle attrapa une paire de menottes en argent parmi la collection suspendues à un panneau.

— Mets tes mains derrière ton dos.

— Non. Je ne le ferai pas. Wulf regarda le plafond, mimant l'ennui ou se faisant passer pour M. Park.

Il fallait qu'elle capte son attention.

Rae saisit son bras et referma la menotte sur son poignet juste en dessous de sa manchette, puis elle lui tira le bras derrière le dos. Elle se tenait derrière lui et passa sa main sur son autre bras, par-dessus le renflement de son biceps, puis ramena ce bras en arrière pour verrouiller ses deux mains derrière lui dans la position standard des criminels.

Elle espérait que M. Park serait aussi docile physiquement.

Elle le contourna, enjamba le banc et se posta devant lui.

— Regarde-moi.

Wulf regarda le plafond.

— Non.

Avec la cravache, elle lui caressa le cou et le long de la mâchoire.

— J'ai dit, regarde-moi.

— Non.

Elle fit claquer la cravache dans les airs et lui frappa la cuisse.

Le choc résonna dans son corps, mais il ne broncha pas. «Bien» murmura-t-il.

— C'est bien comme ça ?

— Oui. Tiens-t'en aux cravaches aujourd'hui avec M. Park. Je t'apprendrai à manier un fouet un jour.

La pensée de Wulf se tenant au-dessus d'elle avec le fouet lui fit peur et son visage devint rouge. Pourtant, il l'avait tellement taquinée et caressée qu'il avait failli la faire jouir avec un chat à neuf queues et elle se demandait ce qu'il devrait faire pour qu'elle prenne plaisir à se faire fouetter.

— Je t'ai dit de me regarder.

Il ne le fit pas, alors elle le frappa à l'autre jambe.

Cette fois-ci, il la regarda et Rae pensa avoir vu un air amusé froisser la peau autour de ses yeux, comme s'il essayait de ne pas sourire.

Ses yeux se baissèrent un instant et son petit sourire sembla moins amusé et plus gaillard quand il jeta un coup d'œil à ses seins débordant des bonnets du justaucorps en cuir. Il leva les yeux sur elle et dit :

— Oui, Maîtresse.

Sa chatte enfla et l'entrejambe en cuir frotta sur sa peau sensible.

Elle s'installa derrière lui en enjambant le banc.

Il était assis au bout du banc, alors Rae se pencha et pressa ses seins contre son dos.

Wulf s'éclaircit la gorge et son dos se tendit contre elle.

Elle abaissa la cravache violemment sur son flanc.

— Ne bouge pas à moins que je ne te le dise.

Il murmura :

— Excellent.

Tenant la cravache aux extrémités, elle la passa par-dessus sa tête et posa le bâton en travers de son torse, puis l'attira contre ses seins.

Sa respiration s'accéléra et elle sentit qu'il serrait les poings contre ses cuisses.

Elle se frotta le dos plusieurs fois contre sa poitrine, sentant les muscles noueux sous sa chemise blanche, jusqu'à ce que ses mamelons se dresse de désir.

Il gémit :

— Maîtresse, vous me poussez à bout.

Ouais, elle se poussait un peu à bout elle aussi. Elle se leva derrière lui et il se pencha rapidement en avant pour ne pas tomber.

Ses mains étaient toujours menottées derrière lui. Elle s'assit devant lui, les jambes de part et d'autre du banc et commença à déboutonner sa chemise.

Son corps se tendit sous ses mains.

— Rae.

— Tu dois m'appeler Maîtresse, dit-elle en faisait passer les minuscules boutons à travers les boutonnières.

Wulf ne baissa pas les yeux sur ce qu'elle faisait mais il la fixa. Son expression habituellement réservée commença à glisser vers quelque chose de plus frénétique.

— Rae, arrête.

Elle tira la cravache de sa botte et le frappa à la cuisse. Il ne broncha pas.

— Appelle-moi Maîtresse.

Il se leva, mais elle tenait fermement sa chemise et

le fit rassoir. Ses mains, menottées dans le dos, ne lui permettaient pas de se tenir en équilibre et il s'assit durement.

Elle recommença à déboutonner sa chemise et l'ouvrit largement en la faisant sortir du pantalon.

— Rae, arrête, *maintenant*. Il se pencha en arrière, essayant d'échapper à ses mains.

Sa voix affolée l'excitait.

Il n'avait pas dit le mot de passe, il devait donc encore jouer le rôle du soumis récalcitrant. Rae lui donna encore un coup de cravache sur son autre cuisse pour son impertinence, car c'était comme ça qu'on jouait à ce jeu.

Elle descendit du banc et le contourna. Elle attrapa son col.

— Rae, *arrête* ! Il se pencha pour se lever, mais elle attrapa ses mains menottées et le fit asseoir de nouveau.

Elle dégagea la chemise de ses épaules.

— *Votre Majesté* ! rugit-il au moment où elle tirait la chemise sur ses bras, découvrant son dos.

Un tatouage de couleurs vives couvrait le côté droit de son dos, des épaules à la taille. Elle cligna des yeux parce que ses yeux ne trouvaient pas le motif, à part des fleurs et quelque chose de blanc comme un reptile avec des griffes.

Le centre du tatouage était dépourvu d'encre et comportait un tissu cicatriciel pâle semblable à un nœud dans du bois. Son corps tremblait si fort qu'elle pouvait le sentir à travers le tissu de la chemise dans ses mains.

Rae fit un bond en arrière, craignant de toucher une blessure aussi terrible.

— Wulf ! Qu'est-ce qui t'est arrivé ?

Elle réalisa qu'il avait dit son mot de passe en cas d'urgence alors elle jeta la chemise sur son dos et chercha la clé des menottes.

— Il y a un bouton pour les ouvrir.

Sa voix calme l'effraya plus que n'importe quel hurlement.

Rae sentit le minuscule bouton situé sur le côté d'un des poignets et appuya dessus avec son ongle. Les menottes s'ouvrirent.

— ça va ?

— Oui, oui, ça va. Il se frotta les poignets.

— Qu'est-ce qui t'est arrivé ? Tu n'as pas été blessé ici, n'est-ce pas ?

La pensée d'un sadique mutilant Wulf la rendit furieuse.

La tête baissée, il fixa le banc et ses épaules se crispèrent sous la chemise.

— Non. On m'a tiré dessus.

— C'est vrai qu'on dirait une blessure par balle.

Elle serra les poings contre sa poitrine, craignant de tendre la main vers lui mais voulant le faire.

— Un fusil. C'est par là que la balle est sortie.

Rae avait chassé le cerf, le wapiti, le pécari et d'autres vermines et elle savait qu'un fusil produisait une blessure distincte.

— La cicatrice est trop grande pour un coup de fusil.

— C'était un fusil de gros calibre et la cicatrice s'est étirée au fur et à mesure que j'ai grandi.

Son ton sec ne permettait aucune proximité, aucune intimité.

Il racontait des faits qu'il aurait préféré ne pas lui dire, mais elle ne put s'empêcher de demander :

— Quel âge avais-tu ?

— Huit ans, dit-il, d'un air vaincu. J'avais huit ans.

Son esprit nageait dans l'horreur.

— Comment peut-on tirer sur un enfant de huit ans ?

— Je ne saurais dire.

— *Est-ce qu'ils ont eu le salopard* ?

Sa tête se souleva un peu en l'entendant crier et Rae crut voir un semblant de sourire ironique se dessiner sur ses lèvres.

— Ils ont eu le salopard.

— Eh bien, merci mon Dieu. Au moins, ça a économisé le prix d'une corde aux contribuables. Elle savait qu'elle parlait comme ses oncles, mais l'idée de tirer sur un enfant, n'importe lequel, mais surtout Wulf enfant, la faisait bouillir. Elle passa la chemise sur la cicatrice, sentant la peau nouée, qu'elle avait seulement prise pour du muscle, bomber sous le tissu. « Je suis vraiment désolée. »

— C'était il y a longtemps.

Cela faisait longtemps, effectivement à peu près vingt ans si elle ne se trompait pas sur son âge. Il avait sans doute passé son enfance en Suisse, même s'il avait seulement dit qu'il *était* Suisse. Est-ce qu'ils avaient des criminels comme ça en Suisse ?

La porte s'ouvrit brusquement, surprenant Rae et l'immense black qu'elle avait vu à la soirée, le gars de la sécurité, se tenait là, la main sur la porte.

— Tout va bien, patron ?

— Merci, Monsieur Jackson. Je vais bien.

Wulf s'était ressaisi et avait regardé l'agent de sécurité sans émotion particulière.

— J'ai entendu votre mot de passe… Son regard se porta sur les poignets de Wulf puis sur les yeux de Rae.

Rae rougit d'embarras d'avoir encore une fois tout foiré.

— Oui, mais tout va bien maintenant, dit Wulf en boutonnant sa chemise. Ce sera tout.

Le grand costaud de la sécurité jeta un regard noir à Rae, puis se retourna et partit.

— Il est temps de mettre fin à notre séance. Le calme de Wulf était revenu et sa coquille lisse semblait fermement en place. Rae fut étonnée qu'il puisse se reprendre complètement en quelques secondes. « Je peux avoir quelqu'un en dix minutes pour prendre la relève. Occupe-toi de Park pendant dix minutes et je viendrai te chercher. Tu te sens capable de le faire ? »

Rae releva la tête, ne voulant pas le décevoir.

— Oui. Ça ira.

— Bien. Il semblait distrait. Je vais vous regarder, si quelque chose ne va pas, je viendrai t'aider.

— Ce n'est que dix minutes.

Si elle déconnait, elle serait nulle pour la deuxième fois. C'était sa dernière chance.

— Tu te débrouillais bien, ici. Tu as touché là où ça faisait mal et tu n'avais pas eu mon dossier en main avant.

Elle fut frappée d'étonnement.

— Tu as un dossier toi aussi ?

— Bien sûr que non !

Il fit un petit sourire comique.

— Ah.

Peut-être que ce traumatisme était la raison pour laquelle il travaillait à La Maison du Diable. Avoir été presque assassiné enfant avait pu le rendre profondément hédoniste.

Cela correspondait à ce que Rae savait de lui et à ce que Georgie et Lizzy lui avaient dit.

— Lors de la séance avec M. Park, tu ne peux pas renoncer à ton pouvoir en tant que dominatrice. Tu ne dois pas exprimer de réticence. Pendant les dix minutes qui précéderont l'arrivée de Lena, tu seras à la fois la reine de Park et son pire cauchemar. Effraye-le. Donne et reprends. Fais de chaque instant de répit un cadeau.

C'était une façon intéressante d'y penser. Rae se sentit plus puissante, comme quand elle se tenait devant Wulf et qu'il avait lorgné ses seins.

— D'accord.

— Fais de ton mieux. C'est tout ce qu'on te demande. Je te suis reconnaissant de prendre la place de Sonya aujourd'hui.

— Pas de souci.

Un moment inconfortable s'éternisa entre eux. Si Wulf avait été quelqu'un d'autre, Rae l'aurait peut-être serré dans ses bras pour l'apaiser et s'assurer qu'il allait bien, mais sa coquille vide s'était refermée parce que, même s'il avait presque fait une crise de panique après avoir exposé sa cicatrice, il semblait aller bien maintenant, alors qu'il renouait sa cravate sur son cou épais. Même ses cheveux blonds étaient impeccables.

— Je vais t'envoyer M. Park.

Et il la laissa là, tremblante dans ses bottes de cowboy à talons hauts.

WULF REGARDE ENCORE

Wulf se tenait dans le couloir sombre devant la porte de la cabine de contrôle de La Maison du Diable. Son cœur battait toujours vite, même si la main qui tenait la poignée de porte était stable.

Il se souvenait chaque jour du moment où Constantin était mort parce que son *memento mori* était écrit sur sa peau.

Le premier coup de feu avait touché Wulf et celui-ci était tombé sur Constantin, en essayant de le protéger, mais la seconde balle lui avait fait exploser la tête.

Chaque fois que Wulf était assis sur une chaise, la cicatrice raide se tendait et faisait mal.

Chaque fois qu'il se levait, sa chemise frottait sur les boursouflures et ça le démangeait.

Chaque fois qu'il faisait l'amour à une femme, il les cachait.

Wulf n'était plus habitué à ce que les gens sachent ce qu'il avait là. L'anonymat l'avait séduit ici.

Il prit une profonde inspiration et ouvrit la porte de la cabine de contrôle.

Jeffrey était assis devant la grande table, déterminé à fixer le mur rougeoyant des boutons et à abaisser les commutateurs du son pour écouter si nécessaire. Il ne se retourna pas quand Wulf entra, il murmura simplement :

— Salut, patron.

— Salut, Jeffrey.

Wulf s'assit sur le fauteuil inoccupé.

Sur les écrans, les gens se déplaçaient dans plusieurs salles de jeux.

Wulf quitta des yeux la salle de jeux numéro 2, où Rae commençait sa session avec son client, Lando Park. Jeffrey guetterait tout ce qui pouvait devenir fâcheux, comme il le faisait toujours.

Dans l'une des salles, une pièce ronde avec des canapés rappelant à Wulf l'intérieur d'une lampe de génie, Lizbeth était en train de sucer son client avec des coups de tête professionnels. L'homme se tortillait sur le canapé, toute son attention centrée autour de sa queue dans la bouche de la fille.

Wulf sourit, se souvenant de son excellente technique.

Dans une autre pièce, Georgie servait des boissons à trois hommes d'affaires asiatiques. Il ne savait pas exactement combien elle facturait ce groupe, mais elle gagnerait probablement au moins 10 000 dollars cet après-midi-là, après la fermeture de la maison. Elle avait un bon sens des affaires, cette fille. Rae avait eu raison de dire que Georgie était du genre Katniss et non Bella. Cette impression était l'une des raisons pour lesquelles Wulf l'avait engagée.

Lizbeth c'était une autre histoire. Cette jeune

femme avait une personnalité complexe et ses amies ne le soupçonnaient probablement pas. Cela dit les choses dont les femmes parlaient entre elles le surprenaient parfois. Peut-être que Rae la connaissait mieux que lui, bien qu'il en doutât.

Finalement, il se retourna pour observer la salle de jeux numéro 2. Il se préparait à sauter de son siège pour sauver Rae de cet enfoiré de Park.

Lando Park était agenouillé, les doigts croisés derrière la tête, tandis que Rae abattait la cravache sur son dos avec beaucoup de doigté. Elle ressemblait à une redoutable diablesse qui pourrait battre un homme à mort si celui-ci ne l'avait pas fait jouir.

Magnifique.

Wulf admirait la façon dont elle utilisait tout son bras avec la cravache. Il nota qu'elle avait sans doute joué au tennis dans sa vie et ses cuisses picotèrent à l'endroit où elle l'avait frappé.

Lena devrait être arrivée maintenant, mais il laissa Rae continuer. Peut-être qu'elle pourrait s'en sortir.

— Ça va ? demanda Jeffrey.

Ah, et maintenant les questions allaient arriver. Jeffrey était un trop bon ami pour faire mine d'ignorer un tel fiasco.

— Je t'assure que je vais bien.

Jeffrey continua à scruter les écrans, à la recherche de signes précurseurs de problèmes dans toutes les pièces.

— Vous avez utilisé votre mot de passe de sécurité.

Wulf se pencha en avant sur la chaise de bureau pendant que Rae attrapait Park par les cheveux et que, les menottes maintenant attachées à ses poignets, elle le menait de force à un poste de flagellation. *Joli.*

— En effet.

Jeffrey lui jeta un coup d'œil.

— Avec cette nouvelle rousse.

— Elle est plutôt auburn. Ses yeux sont d'un brun chaud et elle n'a pas de taches de rousseur.

— La rousse qui a presque fendu le Dr Cutter en deux !

— Elle s'améliore. Wulf montra l'écran afin d'attirer l'attention de Jeffrey sur le maniement de cravache plutôt élégant de Rae.

— Elle vous a drôlement frappé les cuisses avec cette cravache, déclara Jeffrey. Vous avez des marques ?

— Ma peau est plus épaisse que ça.

Il n'avait pas prévu de dire ça.

Jeffrey fit une pause.

— Ouais. J'ai vu votre peau.

Wulf acquiesça. Il n'allait pas encourager cette petite enquête. S'il n'avait pas oublié d'emporter un tee-shirt pour la salle de sport ce matin et de le porter en sous-vêtement, ni Rae ni Jeffrey n'auraient vu cette cicatrice abominable sur son dos.

Rae propulsa Park sur un siège prévu pour le sexe et le fit se pencher par-dessus, les fesses en l'air. Wulf aimait sa créativité, même si elle était peut-être trop innocente pour connaître les positions correctes pour ce siège. Ces deux pensées firent affluer le sang dans sa bite et il commença à bander.

— On dirait que vous avez grandi dans le ghetto, dit Jeffrey. C'est une blessure par balle au milieu de ce *tattoo*, n'est-ce pas ?

— Il y a des armes partout, déclara Wulf.

Jeffrey aurait dû courir vers la salle de jeux directement après que Wulf ait crié son mot de passe, ce qui signifiait qu'il n'aurait pas dû entendre les derniers détails. Wulf n'aurait pas dû en dire autant à Rae, mais il s'était senti écorché vif quand elle avait vu la chair meurtrie.

Sur l'écran, il observait Rae abaisser le slip de M. Park et abattre la cravache sur ses reins, en y laissant des zébrures. Wulf se demanda si elle avait appris ça quelque part ou si, comme il l'avait pensé dès le premier instant où il l'avait rencontrée, elle était une dominatrice née.

— Pourquoi est-ce que je ne savais pas que vous aviez pris une balle ? demanda Jeffrey.

— ça n'est jamais venu dans la conversation.

— Pas digne de la bonne société, hein ?

Wulf dit doucement :

— Ce n'est pas un sujet que j'aborde.

— J'en ai pris une, moi aussi.

Cela devenait très intime. La part britannique de Wulf se rebiffa, mais il vivait maintenant parmi les Américains.

— Pendant ton service militaire ?

— Nan. Les missions suicides sont pour les SEALS[1], et c'est les Rangers qui font du tir. C'était pendant ma sale période. Jeffrey tira sur le bas de sa chemise Oxford pour révéler une petite marque sur ses côtes. Un pistolet.

Wulf inspecta la cicatrice.

— C'est assez profond. La balle est-elle toujours là ?

— Ouais. Ils l'ont pas enlevée. Ça aurait causé plus de dégâts que de la laisser.

Wulf admit lentement :

— J'ai quelques éclats, mais le plus gros de la balle est sortie par le dos.

Pour un homme qui avait vécu en Europe et à Londres la majeure partie de sa vie, Wulf considérait que c'était déjà trop en dire.

— C'est du lourd, d'avoir pris du plomb.

— Oui, ça l'est.

— Comment elle vous a appelé la rousse là-bas d'dans ? Loup ?

Quand Rae avait dit son prénom, Wulf savait que Jeffrey le remarquerait s'il restait dans la cabine. Rien n'échappait à son chef de la sécurité. Wulf ne répondit pas mais admira l'application de Rae à faire des zébrures sur les fesses de Park.

« Pourquoi elle vous a traité de loup ? Quand vous m'avez fait éteindre la caméra hier, est-ce que vous lui avez fait… »

— Je ne discute pas de ces questions non plus.

— Ouaf, ouaf, hé, hé, le loup ?

— S'il te plaît ne pose pas de questions.

— Elle a trouvé un p'tit nom pour vous ? Est-ce que le Boss tout puissant est en train de craquer pour une *chica* aux cheveux roux ?

— Certainement pas, dit Wulf d'un ton narquois.

— *Certainement pas*, dit Jeffrey en l'imitant puis il passa son doigt sur l'écran numéro trois. Elle semble s'en sortir pas mal, cette fois.

— En effet, dit Wulf en se penchant, et en regardant, mal à l'aise.

Maintenant que Rae avait marqué la chair de Lando Park, elle l'avait attaché à une barre et, vu son air piteux, elle était en train de lui passer un sacré savon. Park souriait de temps en temps malgré lui, mais semblait à nouveau humilié une seconde après.

Rae semblait faire un excellent travail. La session de Park était presque terminée et il n'avait pas eu à la faire sortir pour la secourir, finalement.

Wulf sentit la déception se mêler à son admiration.

Si elle n'avait pas relevé le défi, il n'aurait pas pu l'employer à La Maison du Diable en tant que consultante. Compte tenu du désir sincère de Rae d'aider les enfants autistes, Wulf avait prévu de lui offrir un emploi ridiculement bien rémunéré en tant qu'administratrice. Il justifiait cela en prétendant être altruiste, même s'il soupçonnait que son véritable motif était de garder son corps voluptueux dans les parages.

S'il l'engageait en tant qu'administratrice, personne d'autre ne la toucherait.

En effet, alors que Rae marchait de manière décontractée autour de Lando Park dans la salle de jeux numéro 2, Wulf avait du mal à rester sur son siège. Il voulait frapper Park pour la regarder, et il voulait passer les mains sur la chair douce et soyeuse de Rae.

Déroutant. Très déconcertant. Wulf secoua un peu la tête pour éclaircir ses pensées.

Cependant, Rae en savait beaucoup trop sur lui à présent — son nom, qu'il était citoyen suisse, qu'on lui avait tiré dessus — et une recherche sur Internet lui dirait tout sur lui. Elle verrait tous les articles de journaux et même sa page sur Wikipedia, qui réapparaissait peu importe le nombre de fois où lui-même, ou son service de sécurité personnel, la supprimait.

Il n'était toujours pas tout à fait sûr de la raison pour laquelle il lui avait donné son nom lors de la première soirée. Quand elle avait demandé, quand elle avait insisté, il le lui avait donné. Alors qu'il aurait voulu mettre cela sur le compte de la boisson ou du désir, il savait bien qu’il pouvait résister à ces deux influences avec aplomb. C'était un homme adulte, pas un adolescent qui risquerait n’importe quoi pour fourrer sa bite dans un endroit chaud.

Maintenant, il ne savait pas ce qu'il devrait faire si elle découvrait tout.

Lui faire jurer de garder le secret ?

La payer ?

Liquider La Maison du Diable et quitter les États-Unis ?

La dernière option était probablement la meilleure. Il avait redressé La Maison du Diable après une faillite et en avait fait une entreprise à l'excellente trésorerie, fidèlement à son objectif initial.

Il devrait prévenir son personnel domestique d'un éventuel déménagement. Peut-être iraient-ils dans le sud de la France ? Wulf s'était habitué au climat chaud.

Quel dommage. L'Amérique l'avait surpris, agréablement, au fond. Même lui avait pu se réinventer dans ce pays très animé. Il pourrait le faire à nouveau. Le nord-ouest des États-Unis était peut-être une option, mais le temps qu'il faisait là-bas était loin d'être agréable.

Sur l'image peu nette de l'écran, Rae se tenait au-dessus de M. Park, qui était désormais accroupi sur le sol. Des parasites blancs tombaient sur eux comme de la neige. Wulf pouvait juste entendre celui-ci implorer son pardon et promettre d'être un meilleur homme.

Elle présenta à Park sa botte noire à talon, il sortit la langue et lécha la botte de la pointe du pied jusqu'au sommet, où elle le stoppa en posant le bout de la cravache contre son front.

Wulf regarda son ravissant dos couleur crème, et pour la première fois depuis une décennie, Wulf pensa qu'il avait envie de rester ici plutôt que de se moquer de savoir où il vivait.

— Elle se débrouille bien.

— ça va, rechigna Jeffrey.

Rae tendit la main et souleva le visage strié de larmes de l'homme. Jeffrey monta le volume et l'entendit dire :

— On a bientôt fini Petit Homme. Si j'entends encore dire que tu as crié sur la dame à l'accueil, je ne travaillerai plus jamais avec toi. *Capiche* ?

— Oui, Maîtresse ! Je vais changer. C'est promis. Merci Maîtresse !

Jeffrey baissa le volume.

— On dirait qu'elle s'en est bien sortie.

— Il promet ça à chaque fois. Wulf se leva et marcha vers la sortie. Fais-moi une copie de cette session pour que je l'examine ultérieurement, et efface la session de formation avec moi tout de suite.

— Bien, patron. Jeffrey se retourna pour surveiller les différentes séances dans les salles de jeux. Une petite séance de tir demain ?

— Tout à fait. La thérapie par le plomb est un excellent remontant.

— Vous allez me laisser jouer avec le gros flingue ? Ses yeux sombres pétillaient de malice.

Compte tenu de l'obsession persistante de Jeffrey pour le fusil Barrett de calibre 50, Wulf devrait lui en acheter un pour son anniversaire le mois prochain. Il chargerait quelqu'un de s'occuper de la paperasse ce soir.

— Bien sûr. Dix heures ?

— Et comment !

Wulf sortit à grands pas pour attraper Rae avant qu'elle ne quitte le cachot.

Il devait l'empêcher d'en apprendre plus sur lui. Wulf avait horreur de penser que quiconque le verrait encore comme le petit garçon qui avait assisté à l'assassinat de son frère jumeau.

Et pourtant, et pourtant.

Elle avait parlé avec lui, l'avait taquiné et l'avait baisé avant de savoir qu'il était le Dom ou qui que ce soit d'autre. Cette authenticité était unique dans la vie de Wulf.

Tout le monde voulait obtenir quelque chose de lui.

UNE DISCUSSION AVEC LE DOM

Dans la deuxième salle de jeux, Rae se tenait au centre de la pièce et étirait ses bras au-dessus de sa tête vers le plafond de style cachot dallé de pierre. Elle le toucha presque de ses ongles toujours pas vernis, pendant que M. Park s'accrochait à son slip et décampait de la salle de jeux.

Une sensation monta dans sa poitrine, quelque chose comme une victoire, le soulagement aussi et elle sourit.

Elle avait vaincu ce M. Park récalcitrant, n'avait pas déçu Wulf, et elle était ravie de constater que c'était fini et qu'elle n'avait pas tout foiré cette fois. Bien que donner la fessée à Lando Park l'ait un peu dégoûtée parce que la pieuse timbrée au fond d'elle était, *Grand Dieu,* tellement scandalisée, Rae sentait qu'elle était assez capable de faire ça et même qu'elle avait peut-être pu aider Lando Park à résoudre certains de ses problèmes.

Elle laissa tomber ses bras et s'effondra sur la chaise longue.

La porte en acajou sculpté s'ouvrit et Wulf entra dans le cachot. Il se racla la gorge.

— Cela s'est bien passé.

Rae étendit les bras et attrapa l'arrière du siège derrière sa tête. Ses seins remontèrent au bord des bonnets du justaucorps en cuir.

— Ouais, même un écureuil aveugle trouve parfois une noisette.

— Glenda t'accompagnera jusqu'à notre comptabilité ma chère, là tu pourras remplir les documents nécessaires pour être payée pour aujourd'hui, après une petite discussion en privé.

— Quelle discussion ?

Le manque de confiance en elle entacha un peu son semblant de victoire. Il avait dit qu'elle devait être payée aujourd'hui, suggérant *aujourd'hui seulement*, et donc qu'elle avait encore royalement tout gâché. Merde.

— Si tu as le temps, je voudrais avoir une discussion franche et complète avec toi à propos de ton embauche.

— Est-ce que j'ai fait quelque chose de mal ? Je ne devrais pas travailler ici, c'est ça ?

Wulf sourit. Quand il écartait comme ça les lèvres d'un côté, sur ses dents blanches et brillantes, son expression devenait sexy et prédatrice.

— Tu étais superbe.

Le soulagement revint, bien que ses nerfs soient encore pincés comme les cordes trop tendues d'un banjo. Elle passa un pouce sous une large lanière de cuir qui lui serrait la hanche.

— Est-ce que je me change avant ?

Wulf baissa les yeux rapidement sur elle.

— Non. Ça n'est pas la peine.

Wulf la précéda dans les couloirs sinueux, marchant avec détermination comme s'il était un peu en retard. Rae vacillait derrière lui, dans ces bottes de cow-boy trop hautes qui commençaient à lui faire mal aux orteils et elle craignait de tomber et de se tordre une cheville, ce qui mettrait fin à tout espoir d'être embauchée à La Maison du Diable. Personne ne voudrait se faire fouetter par une dominatrice avec des béquilles.

Finalement, il ouvrit une porte quelconque qui menait à son bureau. À l'intérieur, la lumière vive entrait à flot par la grande baie vitrée qui donnait sur le jardin et projetait des ombres sur son mobilier de bureau surdimensionné. Elle était en train de se demander s'il existait un style de meuble moderne suisse ou si tout était suédois et moderne, comme ces machins Ikéa en forme de boîte, quand il lui saisit violemment le poignet et la fit pivoter contre le mur.

Elle frappa le mur et dit «Hé !» Au moment même où sa bouche se posait sur la sienne dans un baiser fougueux. Son corps pressa le sien contre le mur.

Pas trop tôt !

Pendant tout le temps où ils avaient été dans la salle de jeux, des images de Wulf la jetant sur l'un de ces meubles bizarres avaient tourné en boucle dans sa tête mais il avait respecté le scénario. Ensuite elle avait relâché tout sa frustration sur Lando Park parce qu'elle savait qu'il était en train de regarder.

Elle enroula ses bras autour de son cou et l'attira plus près, réclamant davantage. Il l'embrassa plus fort, saisissant ses hanches et sa taille par-dessus les lanières de cuir et la dentelle, ses mains partout à la fois.

Sa respiration sur son cou était irrégulière, comme s'il avait sprinté pendant des kilomètres.

— Si tu ne veux pas, dis-le tout de suite.

Il s'éloigna un peu, suffisamment pour pouvoir la laisser filer si elle le voulait.

Elle serra plus fort les bras autour de son cou et l'attira plus près de lui. Elle voulait que son corps soit collé contre le sien et elle voulait le goûter. Enfonçant la langue dans sa bouche, elle perçu un goût de menthe. Sa langue chaude enveloppa la sienne puis la repoussa dans sa bouche.

Son torse et ses hanches se pressèrent contre elle, la coinçant contre le mur. Ils s'embrassèrent, leurs lèvres se serrant l'une contre l'autre alors que ses mains passaient sur son corps, attrapant ses seins dans le bustier en cuir et son cul à travers les lanières. Elle voulait qu'il glisse ses doigts sous le cuir et qu'il la touche comme il l'avait fait le premier soir et la veille, mais il passa juste les doigts sur le cuir qui emprisonnait son sexe. Elle frémit.

— S'il te plaît, gémit-elle contre ses lèvres, essayant de bouger pour que ses doigts glissent en elle. Elle tâtonna les minuscules boutons de sa chemise, essayant de les faire passer dans les minuscules boutonnières, mais il n'y arrivait pas sans regarder. Elle eut les mêmes difficultés avec la cravate.

Il gémit et la prit dans ses bras. Rae poussa un petit cri contre ses lèvres parce qu'elle n'était toujours pas habituée à ce que quiconque puisse la soulever. Il la porta jusqu'à son bureau et posa ses fesses sur le verre froid.

— Non, je vais le casser, dit-elle et elle essaya de s'échapper.

— Incassable, dit-il d'une voix basse et dure.

Elle posa les mains derrière elle, essayant de répartir son poids sur le verre, sûre qu'elle allait passer au travers, tout en essayant de continuer à l'embrasser tellement ses lèvres chaudes et douces lui faisaient du bien.

— Tu es sûr ?

En guise de réponse, il la pressa contre le verre et enroula ses jambes autour de sa taille. Elle se recula, craignant de le blesser avec les bottes à talons hauts, mais il attrapa ses hanches et tira son corps vers lui, cognant sa chatte contre sa bite dure dans son pantalon. Ses mains glissèrent autour de sa taille et dans son dos, et il batailla jusqu'à ce que le cuir autour de sa taille se desserre, puis il retira la partie inférieure de son costume, le dégageant complètement sur le côté.

Rae haleta parce qu'elle était nue à partir de la taille jusqu'en bas. Elle ne savait même pas qu'il y avait des pressions. Ses lèvres se refermèrent sur les siennes, plus durement cette fois. Il se pencha, mordit et suça son cou tandis que ses mains plongeaient dans son haut, pour dégager ses seins.

Rae laissa sa tête retomber alors que Wulf suçait ses mamelons jusqu'à ce qu'ils se resserrent pour former des pointes dures. Chaque succion pulsait à travers son corps, de ses seins à sa colonne vertébrale, jusqu'à sa chatte languissante. Elle le voulait et elle se colla à lui, mais Wulf pressa ses seins ensemble et suça plus fort, la rendant folle.

Elle en voulait toujours plus. Chaque fois qu'il la touchait, elle avait encore plus envie.

Le soleil du désert brillait par la fenêtre et sur ses cheveux blonds. Elle glissa une main dans sa chevelure, saisissant les fines mèches entre ses doigts. Il prit cela comme un signe qu'elle en voulait plus et il attira son corps vers lui. Sa queue faisait une grosse bosse dure dans son pantalon contre l'intérieur de sa cuisse, si près du bouton sensible qu'elle essayait de frotter contre lui, mais il glissa sa main entre ses seins, descendit le long de son ventre jusqu'à son pubis puis dans sa chatte humide.

Ses doigts glissèrent dans sa crème, glissant dans ses plis, puis il trouva son clitoris et fit des cercles autour, frottant si lentement tout en suçant à nouveau ses seins. Sous l'action conjuguée de sa bouche et de ses mains le plaisir l'envahit bientôt.

Ses mains s'écartèrent sur le bureau et elle s'allongea, haletante. Elle jeta un coup d'œil par la fenêtre dans le jardin, où des buissons épais étaient taillés en formes étranges. Il n'avait même pas fermé les stores. Si quelqu'un passait par là, ils la verraient, affalée sur le bureau en verre de Wulf, clairement en train de se faire sauter.

Elle entendit un tiroir de bureau s'ouvrir et se refermer entre les vagues de plaisir qui lui traversaient le corps, il descendit sa fermeture Eclair et un sachet d'aluminium fut déchiré.

Puis il s'allongea sur elle et son torse glissa contre son ventre jusqu'à ce que sa queue touche sa chatte, le gland séparant à peine ses plis doux et sensibles, et il resta là. Il se redressa un peu, plaçant son autre bras sur le bureau et posa les yeux sur elle.

Son corps entier frissonnait, le voulant en elle. Elle essaya de descendre du bureau pour prendre sa bite, mais le bras qu'il avait sous ses hanches ne lui permettait pas de bouger. Elle attrapa sa cravate toujours nouée autour de son cou et tira brusquement pour essayer de l'attirer vers elle et de l'embrasser à nouveau.

Les yeux bleus de Wulf étaient ardents comme s'il

était en colère, mais les coins de sa bouche se soulevèrent et il dit essoufflé :

— Dis que tu vas travailler pour moi. Ici. A La Maison du Diable.

— Oui.

Elle aurait dit n'importe quoi pour avoir sa queue en elle. Son corps avait tellement faim de lui.

Il se glissa un peu plus en elle, étirant son sexe autour du sien. Elle était si mouillée, tellement trempée, qu'il se glissa comme dans de la soie. Juste au moment où elle pensait qu'il allait la remplir complètement, il s'arrêta à nouveau.

Rae était folle de lui, elle voulait qu'il la prenne. Elle inspira et tenta de s'emparer du bord du bureau pour s'abaisser sur sa bite, mais il était beaucoup plus fort qu'elle et il resta là à moitié rentré et fit pression sur son clitoris.

— Et tu n'essaieras pas d'en savoir plus sur moi, dit-il.

Il était essoufflé comme s'il venait de courir un marathon.

— Quoi ? Wulf, *s'il te plaît* ! Elle lutta mais il la tint immobile.

— Promets-moi, dit-il. Rien de plus. Ne fait pas de recherches en ligne. Ne cherche pas à savoir quoi que ce soit sur moi.

— Je te promets !

Sur ce, il se retira et souleva une de ses jambes pour la retourner. Sa joue appuya contre le bureau froid et le tapis beige apparut à travers le verre épais.

Par derrière, il glissa la tête de son sexe dans sa fente, trouva l'entrée et s'enfonça profondément en elle avec un grognement et elle cria à nouveau, sentant sa bite dure pousser en elle comme s'il forçait même l'air à sortir.

Elle s'accrocha au bord épais de la vitre sous son corps, essayant de se stabiliser car à chaque fois qu'il la pilonnait elle s'éloignait de lui. Wulf la ramena sur sa bite, les mains autour de ses hanches, soulevant pratiquement tout son corps pour l'abaisser ensuite sur sa bite dure.

Il caressait sa chatte de long en large, poussant ses hanches contre le bord tranchant du bureau. Chaque fois qu'il donnait un coup de reins, Rae pensait qu'elle allait jouir mais le plaisir augmentait d'un cran à chaque fois sans exploser.

Les mains de Wulf glissèrent de ses hanches et remontèrent dans son dos. Il la prit par les épaules, la tirant en arrière pour s'enfoncer davantage en elle. Elle se sentait toute petite, baisée par un géant, si impuissante qu'elle s'allongea sur son bureau pour le laisser la prendre. Son bassin cognait contre son cul encore et encore.

Juste au moment où elle pensait qu'il ne s'arrêterait jamais, il se retira et il la retourna encore, la soulevant par les hanches pour l'asseoir sur le bureau et l'empaler à nouveau sur sa queue.

Elle essaya de passer ses bras autour de ses épaules — il portait toujours sa chemise, même si elle était déboutonnée sur le devant, exposant des pectoraux puissants et des abdos saillants— mais il la poussa en arrière sur le bureau et releva ses jambes pour poser ses bottes sur ses épaules, et il s'enfonça profondément.

Les lumières du plafond au-dessus de Rae brillaient et elle ferma les yeux, éblouie. Ainsi, elle n'entendait que Wulf la pénétrer et frotter sur son clitoris à chaque poussée.

Lors de la première soirée, quand elle l'avait baisé contre le mur, il s'était retenu.

Hier, quand il l'avait ligotée, il l'avait prise par derrière, mais à ce moment aussi, il s'était contrôlé.

Cette fois, il martelait Rae, enfonçant son bassin contre le sien et poussant si fort que cela lui faisait presque mal. Il avait abandonné toute sa réserve et avait enfoncé toute sa longueur en elle, chaque coup de reins la frottant à l'intérieur puis cognant sur son clitoris avec un élan de désir effréné. Elle voulait crier pour qu'il arrête parce que la passion qu'il y mettait lui faisait peur, mais c'était tellement bon qu'elle haleta :

— Oui ! Oh oui, continue…

Wulf grognait à chaque poussée, sa respiration étant hachée et rapide. Rae écarta les bras sur le bureau, essayant de se retenir tandis que Wulf se penchait sur le bureau pour avoir plus de poids. Il se relevait à la fin de chaque coup de rein, la soulevant et frottant son clitoris et l'intérieur de sa chatte, et elle cria, ne se souciant pas de savoir qui l'entendrait.

La friction augmenta, échauffant tous ses sens.

La tension s'enroula. Son cerveau fit des étincelles.

Il lui prit les hanches et s'enfonça encore et encore, chaque coup de pilon comme un point culminant, mais il continuait encore plus fort et Rae fut incapable de faire quoi que ce soit car il avait relevé ses jambes pour pouvoir s'enfoncer plus profondément. Elle cambra juste le dos et se souleva encore. Elle ne pouvait ni respirer ni penser à autre chose qu'à vouloir jouir et la tension écrasante l'aveuglait.

Wulf empoigna ses hanches et poussa une dernière fois en elle, puis il se pencha en arrière et gémit longtemps. Rae sentit sa queue palpiter au fond d'elle et des vagues chaudes de plaisir envahirent sa chatte.

Elle cria et se cambra sur le bureau alors que vague après vague la parcouraient. Elle s'accrocha au bord pendant qu'il continuait à bouger en elle, prolongeant les pulsations qui traversaient sa chair. Chaque vague de plaisir la traversait, tourbillonnant dans sa tête, jusqu'à ce qu'elles diminuent lentement.

Elle haletait encore quand Wulf s'effondra sur son ventre.

Elle enroula ses bras autour de son cou, s'accrochant à lui alors que son clitoris palpitait encore. Sa bite, toujours en elle, battait au rythme de son cœur, et son odeur, mélange d'agrumes, de prairie battue par les vents et de musc masculin monta à ses narines. Elle le respira à pleins poumons, se repaissant de lui.

Il était étendu sur son ventre et sa poitrine, le corps relâché. Sa chemise était drapée sur les côtés, les couvrant tous les deux. Elle repoussa ses mèches loin de ses yeux avec ses doigts, mais ses cils dorés et ses paupières pâles restèrent fermés.

Son autre main s'égara sous sa chemise et elle explora avec précaution l'enchevêtrement de tissus cicatriciels sur son dos.

— Souviens-toi, murmura-t-il. Ses lèvres bougèrent sur ses seins et elle sentit de la sueur couler le long de ses côtes. Il murmura encore : Souviens-toi de ce que tu as promis.

A SUIVRE

Obtenez le maintenant :

Tome 2: Rae Attachée

(Les trois prochains tomes de la série)

Livres français à mon site

blairbabylon.com

Suivez Blair Babylon sur
Facebook/Instagram
Goodreads/Bookbub/YouTube
Inscrivez-vous au groupe sur Facebook
BABYLON

Et à la liste de diffusion pour être au courant des nouvelles publications, des bonus etc…
Mon site : blairbabylon.com

J'espère que vous laisserez également un commentaire avec vos remarques sur l'achat de cet ebook. Les critiques sont le meilleur moyen de faire connaître les nouveaux livres aux autres lecteurs ou de dire à l'auteur que vous l'avez apprécié.

NOTES

1. ON RESTE ENSEMBLE À LA SOIRÉE DE LA CONFRÉRIE

1. Rohypnol : drogue du violeur

5. UN AUTRE GENRE DE SOIRÉE COCKTAILS

1. Bella : héroïne de Twilight, Katniss : héroïne de Hunger Games.
2. Wulf : loup en allemand

6. ENTRETIEN AVEC LE DOM

1. En français dans le texte

7. LA PREMIÈRE SCÈNE DE RAE

1. Tous les noms en italiques de cette page sont en français dans le texte
2. The Scottish play : La pièce écossaise, euphémisme de Macbeth. On ne doit pas dire Macbeth dans un théâtre, cela porte malheur
3. MacBeth : Acte 1, scène 7
4. Lady Macbeth : acte 1 scène 7

9. COMMENT TENIR UN FOUET

1. Le sigle BDSM désigne une forme d'échange sexuel contractuel utilisant la douleur, la contrainte, l'humiliation érotique ou la mise en scène de divers fantasmes sexuels dans le but de stimuler les zones érogènes.

10. SALLE DE JEUX NUMÉRO 2

1. En français dans le texte

11. LE PLACARD À COSTUMES

1. Ramen : nouilles japonaises

14. WULF REGARDE ENCORE

1. Les SEAL, communément appelés Navy SEALs, sont la principale force spéciale de la marine de guerre des États-Unis.

Edition française juillet 2019

Réalisé avec Vellum

www.ingramcontent.com/pod-product-compliance
Lightning Source LLC
Chambersburg PA
CBHW020324200626
46814CB00006BB/2405

* 9 7 8 1 9 5 0 2 2 0 0 8 3 *